Maeve Brennan

Die Besucherin

Maeve Brennan

Die Besucherin

Novelle

Aus dem Englischen
und mit einem Nachwort von
Hans-Christian Oeser

Steidl

Titel der amerikanischen Originalausgabe: »The Visitor«
erschienen bei Counterpoint, Washington 2000

Der Verlag dankt Ireland Literature Exchange (Übersetzungsfonds) Dublin, Irland
für die finanzielle Unterstützung
www.irelandliterature.com
info@irelandliterature.com

Steidl Verlag, Düstere Straße 4, D-37073 Göttingen
www.steidl.de

1. Auflage 2003

Lektorat: Claudia Glenewinkel
Umschlaggestaltung: Steidl Design/Claas Möller
unter Verwendung einer Fotografie von Karl Bissinger
Satz, Druck, Bindung:
Steidl, Düstere Straße 4, D-37073 Göttingen
Printed in Germany
ISBN 3-88243-937-8

Der Postzug brauste in Richtung Dublin dahin, und all seine Passagiere schwankten und nickten in seinem ungleichmäßigen Rhythmus, die Blicke starr nach vorn gerichtet, als wäre ihre Geduld schon bei der kleinsten Bewegung zu Ende. Das Gepäck war in aller Hast im Gang gestapelt worden, und einige Fahrgäste erhoben sich von ihren Sitzplätzen, stellten sich auf den Gang und lehnten sich an Fenster, die von Atem und Rauch ganz beschlagen waren.

Anastasia King rieb ein Stück ihrer Fensterscheibe frei und schaute hinaus, doch in der vorüberjagenden Dunkelheit waren lediglich ein paar vereinzelte, vom Regen verwischte Lichter zu erkennen. Sie wandte sich wieder dem Gang zu und holte eine Zigarette hervor.

In der grellgelben Zugbeleuchtung waren die Gesichter um sie her voller Schatten und wirkten in sich gekehrt, ihre Gleichmütigkeit noch gesteigert vom ohrenbetäubenden Geratter des Zuges. Der Lärm errichtete von ganz allein eine Schranke feindseliger Gereiztheit, die auch geselligere Gemüter verschreckte. Sie war froh darüber.

Ein Mann sprach sie an und erschreckte sie. Wegen des Getöses hatte er sich dicht neben sie gestellt.

»Dürfte ich mir ein Streichholz borgen?«

»Selbstverständlich.«

Nervös runzelte sie die Stirn. Es ging ihr durch den Sinn, daß er auch jemand anders hätte fragen können, und sie blickte den Gang entlang. Er fing ihren Blick auf und lächelte ein wenig.

»Die sehen alle aus, als schliefen sie«, sagte er, »aber ich habe bemerkt, wie Sie aus dem Fenster sahen.«

»Ich habe zwar hinausgeschaut, aber nicht viel gesehen. Es regnet ziemlich heftig, und es ist stockdunkel.«

»Als ich von hier weggegangen bin, hat es auch geregnet. Das war vor fast zwei Jahren.« Seine Stimme klang beiläufig und freundlich. »Sind Sie lange fortgewesen?«

»O ja, sehr lange. Letzten Monat waren es sechs Jahre.«

»Das ist wirklich sehr lange. Und sind Sie zwischendurch nie hier gewesen?«

»Nein.«

Einen Augenblick später sagte sie: »Ich habe in Paris gewohnt, bei meiner Mutter. Vor sechs Jahren sind wir dorthin gezogen.«

»Aha.« Er wischte ein Stück der Fensterscheibe frei und spähte hinaus. »Es regnet tatsächlich ziemlich heftig. Wissen Sie, wenn ich mir nicht sicher wäre, daß ich wirklich weggewesen bin, könnte ich denken, ich sei niemals fortgegangen. Am Tag meiner Abreise war es ganz genauso.«

Er starrte weiter hinaus, und Anastasia betrachtete wieder ihre Koffer.

Auch ich könnte fortgehen, dachte sie, statt zurückzukommen.

Sie ließ sich vom Zug wiegen, den Rücken dem Fenster zugekehrt, und hatte abermals das Gefühl, sich an einen langen Traum zu erinnern.

Auch die Zukunft ist ermüdend. Noch kann ich sie mir nicht ausmalen. Es ist sehr spät am Abend.

Ihre Gedanken schweiften wieder nach Paris; vor ihrem geistigen Auge formten sich vage, flüchtige Bilder. Wieder sagte sie ihrem Vater Lebewohl. Da stand er, eine Miniaturgestalt wie sie, in einem hellen, kalten Miniaturzimmer. Er drehte sich um und entschwand durch die Hoteltür, die nach innen aufging. Er hielt seinen Hut in der Hand und sah ein wenig aus wie eine Schildkröte, ganz gekrümmt und vornübergebeugt. Zum ersten Mal hatte sie sagen wollen, daß es ihr leid tat, ihm endlich sagen wollen, wie leid es ihr tat, aber da war er schon den Korridor entlanggegangen, um die Ecke gebogen und verschwunden.

Er war allein und traurig. Hinter ihr in dem winzigen Hotelzimmer ihrer Erinnerung saß ihre Mutter in einem Sessel am Fenster. Das Gesicht ihrer Mutter war vom Weinen weich geworden, ihre Hände waren im Schoß gefaltet, die Innenflächen nach oben gekehrt, und den Blick ihrer Tochter fing sie mit einem Gegenblick teilnahmslosen Erkennens auf, das war alles ...

Plötzlich wandte sich der Mann neben ihr vom Fenster ab und drehte sich zu ihr um.

»Ach, ich bin froh, daß ich wieder zu Hause bin«, sagte er mit einem zufriedenen Seufzer. »Ich nehme an, Sie auch. Leute besuchen, Orte wiedersehen. Aber Sie werden merken, daß sich eine Menge verändert hat, und so wird es mir wohl auch gehen. Selbst zwei Jahre sind eine lange Zeit, heutzutage.«

Er lächelte, und sie nickte ihm zu und lächelte ebenfalls. Er richtete sich auf und sah auf seine Uhr.

»Also, dann will ich mal los und mein Gepäck zusammensuchen. Wir sind bald da. Danke für das Streichholz. Dann also auf Wiedersehen.«

Nach wenigen Schritten drehte er sich um.

»Genießen Sie Ihre Ferien«, brüllte er über den Zuglärm hinweg.

»Ich mache keine Ferien.«

»Ach so.« Er war unsicher. »Genießen Sie Ihren Aufenthalt. Auf Wiedersehen.«

»Auf Wiedersehen.«

Von Gepäcknetzen purzelten Taschen, und Mäntel wurden übergezogen. Sie sah wieder in die Dunkelheit hinaus, doch bis auf das verzerrte Spiegelbild der aufgeregten Szene hinter ihr war nichts mehr zu erkennen.

»Jetzt sind wir in Dublin«, sagte eine englische Stimme neben ihr.

Ihre Augen füllten sich mit Tränen. Sie bückte sich zu ihren Koffern. Irgendwo in ihrem Innern sprach eine Stimme deutlich: »Irland ist meine Heimstatt, Dublin meine Station.«

Dann hatte der Gepäckträger ihr ein Taxi besorgt und ihre Koffer verstaut. Sie dankte ihm, gab ihm ein Trinkgeld und kletterte neben ihr Gepäck.

Sie streckte eine Hand aus, um den kleineren Koffer festzuhalten, der zu verrutschen drohte, und mit einem Mal hatten sie den schwach erleuchteten Taxistand schon verlassen und sich in den Verkehr eingefädelt. Zahlreiche Menschen liefen durch die verregneten Straßen, gewöhnliche Menschen, keine Reisenden. Die Gesichter sahen ebenso ernst und mit sich selbst beschäftigt aus wie die Gesichter in den fremden Städten, die sie gesehen hatte; sie wirkten nicht anders.

Im Nu waren die Fensterscheiben vom herabrinnenden Regen getrübt, und die Straßen glitten namenlos und unerkannt an ihr vorbei. Der Regen prasselte schräg auf Dutzende ausdrucksloser Häuserzeilen, auf ihre Schieferdächer, rauschte vor ihren zahlreichen Fenstern herab. Anastasia sank tiefer in ihren Sitz, sie versuchte, die Schwermut, die sie plötzlich befallen hatte, nicht zur Kenntnis zu nehmen. Der Taxifahrer sagte kein Wort, und sein Schweigen kam ihr mürrisch vor. Sie fühlte sich grundlos zurückgewiesen.

Die Fahrt zum Haus ihrer Großmutter erschien ihr zu lang, doch als der Wagen endlich vorfuhr, erschrak sie. Ängstlich sah sie auf und erblickte die vertraute Eingangstür von damals. In der Vorhalle brannten Lichter. Sie hatten auf sie gewartet, ihre Großmutter und Katharine. Die Tür ging weit auf und leuchtete dem Taxifahrer, der sich mit ihren Koffern die Treppe hinaufkämpfte, den Weg zum Hauseingang.

Die Großmutter, die sich gerade vom Kamin und ihrer Lektüre erhoben hatte, trat nicht aus der Wohnzimmertür, sondern blieb im Türrahmen stehen und musterte Anastasia und Anastasias Gepäck, das sich in der Vorhalle stapelte. Hastig, ohne ihr in die Augen zu sehen, gab sie ihrer Großmutter einen Kuß. Sie war noch immer die gleiche, mit ihrem fein geschnittenen, grüblerischen und damenhaften Gesicht und den förmlich vor sich gefalteten Händen. Sie wartet darauf, daß ich einen Fehler mache, dachte Anastasia. Katharine in ihrer großen weißen Schürze stand wie eh und je im Hintergrund und streckte bereits ängstlich lächelnd die geschrubbten Hände aus, um ihr mit dem Gepäck behilflich zu sein, die Augen voller Freude und Neugier.

Anastasia fragte rasch: »Hat er auch alle Koffer heraufgebracht? Ich hatte Angst, daß er einen vergißt. Um den kleinen mache ich mir Sorgen. Er geht dauernd verloren, so klein ist er. Das war vielleicht ein Hornochse, dieser Mann. Er hat sich den Mund fusselig geredet, den ganzen Weg vom Bahnhof. Also wirklich ...«

Die Großmutter wartete, daß sie zu Ende sprach.

Sie sagte: »Schön, dich wiederzusehen, Anastasia. Du siehst gut aus. Sieht sie nicht gut aus, Katharine?«

Ihre Stimme klang kühl und unbestimmt. Anastasia hörte ihr gebannt zu.

»Und ob, sie sieht großartig aus!« sagte Katharine überschwenglich. »Eine richtige junge Dame! Ich hätte sie nicht wiedererkannt. Wie alt bist du jetzt?«

»Zweiundzwanzig«, antwortete Anastasia. Nervös fuhr sie sich durch die Haare und lächelte die beiden an. Ihre Haare waren dunkel und glatt aus der Stirn gebürstet. Ihr Mund war störrisch, und ihre Augen unter den gewölbten dünnen Brauen blickten verwirrt. Sie wollte es unbedingt allen recht machen.

Die Großmutter hatte ihre Musterung abgeschlossen.

»Nun«, sagte sie, »Katharine hat mir gesagt, daß dein Zimmer hergerichtet ist. Magst du deinen Mantel ablegen und hinaufgehen?«

Dies war ihr Zimmer, das Zimmer, in dem sie seit ihrer Kindheit geschlafen hatte. Es lag im rückwärtigen Teil des Hauses, im dritten Stock, und die Fenster gingen zum Garten hinaus. Sie blieb eine Weile am Fenster stehen und starrte hinunter. Einen Moment lang überließ sie sich der kalten Enttäuschung, die sich während der gesamten Heimfahrt in ihr breitgemacht hatte. Sie versuchte, ruhiger zu werden, und lehnte sich gegen die harte Fensterscheibe. Sie mußte an ihre Mutter denken, die erst seit einem Monat tot war, und von ihrer Stirn wurde die Scheibe ganz heiß, sie schlug die Hände vors Gesicht und versuchte zu vergessen, wo sie sich befand, und daß sie in ihrem Zuhause allein war.

Zuhause ist ein geistiger Ort. Wenn er leer ist, füllt er sich. Mit Erinnerungen, Gesichtern, Stätten, vergangenen Zeiten. Geliebte Bilder steigen ungerufen auf und halten der Leere einen Spiegel vor. Welch verärgertes Staunen, welch ziellose Suche! Es ist ein alberner Zustand. Nur ein albernes Geschöpf sucht den Schatten ein Lächeln zu entlocken, selbst wenn es die vertrautesten und liebevollsten sind. Der lange Blick zurück, sonderbar und hoffnungslos, ist stets nach innen gekehrt.

Das Gesicht der Mutter, innig und sanft, ist ihr näher als die anderen. Jetzt ist es das Gesicht einer Toten, und alle Verwirrung ist daraus gewichen. Jeden Abend nach dem Abendessen ging sie allein im Garten spazieren. Schließ die Augen, um sie wieder vor dir zu sehen, eine einsame Gestalt im Dämmerlicht, die zwischen gepflegten dunklen Blumenrabatten langsam zum Ende des Gartens schlendert und langsam wieder zurück. Die Erinnerungen sind unerträglich.

Es war eine Zeit ungewisser Stimmungen, damals, als sie im Garten umherspazierte. Damals war die Familie, die spärlich kleine Familie, noch zusammen, die Großmutter, der Vater, die Mutter, das Kind. Sie waren zusammen, doch glücklich waren sie nicht.

Nach dem Abendessen versammelten sie sich um den Kamin im Wohnzimmer, doch recht bald trennten sie sich wieder, und jeder ging in sein eigenes Zimmer. Als Anastasia noch klein war, ging sie immer als erste. Sie nahm ihre Mutter bei der Hand, stieg die Treppe hinauf und wurde ins Bett gebracht. Ihr Zimmer war mit rosa und blauen Rosenknospen in reichverzierten Körben tapeziert, und sie hatte die Angewohnheit, so lange auf einen der Körbe zu starren, bis sie einschlief. Ihre Mutter hantierte leise herum, stellte die Spielsachen an ihren Platz, legte Kleidungsstücke zurecht, räumte auf. Wenn Anastasia aus ihrem Schlummer erwachte, sah sie ihre Mutter oft reglos am Fenster sitzen und in die Dunkelheit hinausblicken. Dann sprach sie mit ihr.

»Mutter?«

»Ja, mein Schatz? Schlaf wieder ein.«

»Was ist da draußen, Mutter?«

»Der Garten, Dummchen.«

»Jetzt ist es dunkel im Garten, nicht wahr?«

»Ja. Sehr dunkel. Du solltest schlafen.«

»Wieviel Uhr ist es?«

»Schon furchtbar spät. Es ist halb zehn und höchste Zeit, beide Äuglein zuzumachen und fest einzuschlafen. Jetzt schlaf schön.«

Schlaf schön. Einmal war die Mutter nachts hereingekommen und in Anastasias Bett gekrochen.

Sie sagte: »Mir ist kalt, mein Schatz, und du bist wie immer warm wie Toast.«

Das Bett war zu schmal für sie beide. Nach einer Weile schliefen sie ein.

Am Frühstückstisch sagte Anastasia stolz zu ihrem Vater: »Mutter sagt, ich bin warm wie Toast.«

Er lachte sie an.

»Da bin ich mir sicher.«

»Gestern abend ist sie zu mir ins Bett gekommen. Ihr war kalt, und ich habe sie gewärmt.«

Der Vater sah überrascht auf.

Die Mutter sagte: »Du bist ein Plappermaul, Anastasia.«

»Wozu in aller Welt war das nötig, Mary?«

»Ach, John, sei mir nicht böse. Mir war nur kalt.«

»Ich bin dir nicht böse, Himmel noch eins. Hast du nicht genügend Decken auf deinem Bett, daß du mir das Kind mitten in der Nacht stören mußt?«

»Ach, ich war einsam, das ist alles.«

Sie fing an zu weinen und rührte in ihrem Tee.

Der Vater sagte: »Anastasia, sei so gut, geh und spiel.«

Die Großmutter, Mrs. King, kam von der Frühmesse herein, das Gebetbuch in der Hand.

»Was ist hier los?« fragte sie. »Was geht hier vor? John, sag mir, was es hiermit auf sich hat. Warum weint Mary?«

»Es ist nichts, Mutter.«

Sie setzte sich ans Kopfende des Tisches, ihrem Sohn gegenüber, und schenkte sich Tee ein.

»Das ist doch lächerlich«, sagte sie, »Szenen am Frühstückstisch. So etwas bin ich in diesem Haus nicht gewohnt.«

Die Mutter sah mit nassem, zitterndem Gesicht auf. Dann blickte sie verzweifelt auf den Tee, in dem sie rührte.

»Ich bin es auch nicht gewohnt. Ich bin es auch nicht gewohnt. Du brauchst mich nicht herabzusetzen.« Ihre Stimme bebte, und ihr Mund verzog sich zu einem nervösen, gekünstelten Lächeln.

»Großer Gott«, sagte der Vater. »Ihr treibt mich noch alle in den Wahnsinn.«

»Mary«, sagte die Großmutter süffisant, »du machst dich nur lächerlich.«

»Du versuchst, mich herabzusetzen«, erwiderte die Mutter mit versagender Stimme. »Vor dem Kind. Darauf kommt es dir doch an, auch sie noch gegen mich aufzubringen.«

Der Vater schleuderte seine Zigarette zu Boden.

Die Großmutter sah ihn an.

»Was ist denn überhaupt vorgefallen?« fragte sie freundlich.

Sie begann, ihren Toast zu buttern. In einer Hand hielt sie die Toastschnitte. Mit der anderen strich sie säuberlich eine Schicht Butter auf. Anastasia lief das Wasser im Munde zusammen, obwohl sie ihr Frühstück eben erst beendet hatte. Die Großmutter beugte sich über den Tisch zu ihr.

»Hier, Liebling«, sagte sie, »eine schöne Scheibe Toast.«

»Es ist überhaupt nichts«, sagte der Vater. »Nur ein dummer Streit. Mary hat nicht genügend Decken, und ihr war so kalt, daß sie letzte Nacht bei Anastasia schlafen mußte.«

»Stimmt das, Mary? Du weißt doch, daß du so viele Decken haben kannst, wie du willst. Du brauchst es mir nur zu sagen.«

Die Mutter faltete ihre Serviette zusammen und stand auf. Sie weinte nicht mehr.

Sie sagte: »Es ist schon gut.«

»Was ist schon gut?« fragte der Vater. »Warum rückst du nicht mit der Sprache heraus, was immer es ist?«

Sie sagte abermals: »Es ist schon gut«, schob ihren Stuhl ordentlich an seinen Platz und ging aus dem Zimmer.

»Das arme Kind«, sagte die Großmutter aufgeräumt. »Sie ist viel zu empfindsam. Sie nimmt sich alles immer so zu Herzen.«

»Das tut sie«, sagte der Vater. »Ich weiß nie, wie ich mit ihr umgehen soll. Nie weiß ich, was ich sagen soll. Was immer ich sage, ist verkehrt.«

»So ist es eben bei einigen Menschen«, sagte die Großmutter. »Mach's ihr nicht zum Vorwurf. So ist sie nun mal erzogen worden.«

Anastasia aß ihren Toast auf und wartete darauf, daß ihre Großmutter ihr zunickte. Sie wollte ein beifälliges Lächeln. Sie wollte gesehen werden. Aber sie unterhielten sich über Politik, und nach ein paar ruhelosen Minuten rutschte sie von ihrem Stuhl und war auf und davon, ohne bemerkt zu werden.

Die Bäume um den Noon Square wurden größer, je mehr das Tageslicht schwand. Aus den dicker werdenden Bäumen schlich die Dunkelheit herbei und verwischte die dünnen Eisengeländer vor den Häusern, rasch breitete sie sich auf die Vorgärten aus, verfinsterte den Rasen und raubte den Blumen die Farbe. Das Dunkel der Nacht senkte sich auf den grünen Park in der Mitte des Platzes, stieg schnell wieder auf und hüllte die großen, geduldigen Gebäude ringsumher ein. Die Straßenlaternen warfen flache Lichtkreise um sich und begaben sich zur Nachtruhe.

Sämtliche Häuser am Platz waren stattlich, und zu den Vordertüren führten schwere Steintreppen. Die Häuser wurden von alten Leuten bewohnt, die darin auf ihre gewohnte Weise alt geworden waren. Sie beachteten die Unannehmlichkeiten der viereckigen Häuser, ihre düsteren Souterrains und zugigen Treppenabsätze nicht, sondern lebten fort und fort, bewegten sich zitternd von einem sorgenzerfurchten Tag zum nächsten, unterbrochen von gelegentlichen Spaziergängen zwischen den hohen Steinmauern ihrer Gärten.

Es war November, als Anastasia aus Paris nach Hause kam. Sie saß im Wohnzimmer vor dem Kamin, ihrer Großmutter gegenüber. Es war ein riesiges, düsteres Zimmer, und nur das Kaminfeuer und eine Lampe spendeten ihnen Licht. Das Feuer brannte heiß und hell. Es warf seinen zuckenden Schein in die fernsten Winkel des Zimmers und verharrte auf dem alten, stumpfen Muster der Tapete. Im Zimmer regte sich nichts bis auf das wilde Geflacker der Flammen und das Licht, das sie verbreiteten. Das Licht plätscherte durchs Zimmer wie Wasser über Steine.

Plötzlich sah Anastasia zu dem Spiegel hinauf, der über dem Kaminsims hing. Er lag nicht flach an, sondern stand am oberen Ende leicht von der Wand ab. Er spiegelte den gefransten Kaminvorleger, auf dem sie als kleines Kind gespielt hatte, wenn das Gespräch über ihrem Kopf hin und her wogte. Sie betrachtete ihn angestrengt und dachte, irgendwo in seiner Tiefe müsse doch ein schwaches Bild der Gesichter bewahrt sein, die er einst gespiegelt hatte.

Oft hatte sie so hinaufgeblickt und gesehen, wie ihr Vater und ihre Mutter sich darin bewegten, die Gesichter halb im Schatten, halb im Licht, und manchmal hatte einer von ihnen aufgeschaut und bemerkt, daß das Kind sie beobachtete. An diesen Abenden hatte sie es sich zur Gewohnheit gemacht, vom Kaminfeuer wegzuschleichen und sich hinter den schweren Fenstervorhängen zu verstecken. Sie hatte sich in die Weite ihrer muffigen Falten gewickelt, so daß die Geräusche im Zimmer nur noch gedämpft zu ihr drangen und nurmehr der stumme, schwach erleuchtete Platz dort unten wirklich war; und selbst der war nicht allzu wirklich mit seinen verstreuten Laternen, seinen dumpf brütenden Bäumen und den in Nebel gehüllten Passanten.

Wenn sie hinter dem Vorhang stand, verlor sie sich in einer Welt der Träume; sie gab sich einem langen, langen Traum hin, der unvermittelt endete und wieder von vorn begann, bevor sie entdeckt wurde und die Heimreise ins sichere Bett antrat.

Geistesabwesend erhob sie sich, durchschritt das Zimmer und zog die Vorhänge auf. Hinter den Vorhängen stand niemand. Der Platz dort unten war noch der gleiche. Die Laternen leuchteten nicht heller, als sie sie in Erinnerung hatte, und die Bäume schienen unverändert. Als sie hinuntersah, ging gerade eine einsame Gestalt durch die Düsternis.

Sie wandte sich um und blickte in den Spiegel, der jedoch nichts als leere Sessel reflektierte, und der Widerschein des Feuers spielte gleichgültig auf den polierten Möbeln, wie früher auf den Gesichtern ihrer Eltern. Das ist der Hintergrund, der gleiche wie früher. Sie ließ die Vorhänge wieder zufallen und ging zurück zu ihrem Sessel.

Ihre Großmutter wachte auf, legte ihr Buch zur Seite, setzte ihre Brille ab und drehte sie in ihrer Hand.

»Wie lange wolltest du bleiben, Anastasia?« fragte sie.

Anastasia zuckte überrascht zusammen.

»Nun, für immer, Großmutter.«

Nach einer Weile sprach sie matt in die Stille: »Wieso, Großmutter? Ich fürchte, ich habe immer nur daran gedacht, hierherzukommen. Nach ihrem Tod, sobald ich alles geregelt hatte, bin ich auf schnellstem Wege hierhergekommen. Sie wollte es so.«

»Ach, wirklich?«

Mrs. King sprach mit sanfter Stimme: »Weißt du, Anastasia, als du beschlossen hast, bei deiner Mutter in Paris zu wohnen, hast du eine ernste Entscheidung getroffen. Damals warst du sechzehn, kein Kind mehr. Du wußtest, was du tust. Du warst dir im klaren darüber, welche Wirkung das auf deinen Vater haben würde.«

Gedankenverloren drehte sie die Brille in ihren Händen.

»Wußtest du nicht, in welchem Zustand er sich befand, als er dich in Paris zurückließ, nachdem er versucht hatte, dich wieder zurückzuholen, und allein nach Hause kommen mußte?«

»Ach, Großmutter«, rief Anastasia, »wie hätte ich sie allein lassen können?«

»Darauf wollen wir jetzt nicht eingehen. Ich will ganz nüchtern mit dir reden, Anastasia.«

Ihre Stimme klang ganz nüchtern.

»Du weißt, daß deine Mutter uns alle entehrt hat, so wie sie davongerannt ist, wie eine Irrsinnige.«

Halb belustigt sagte sie: »Wußtest du, daß sie zu einem der Angestellten im Büro deines Vaters gegangen ist, um Geld für das Billett zu erbetteln?«

In heftiger Gemütsbewegung stand Anastasia auf.

»Sie wußte kaum, was sie tat, Grandma. Du hättest sie damals sehen sollen, in Paris. Sie war fast nicht bei Sinnen.«

Ratlos und verlegen begann sie zu weinen.

»Sie ist tot, der Herr erbarme sich ihrer«, sagte Mrs. King behutsam. »Ich will nicht schlecht von ihr reden. Weine nicht, Anastasia, ich wollte deine Gefühle nicht verletzen.«

Sie warf einen Blick zum Fenster.

»Warum mußte sie ausgerechnet nach Paris gehen? Kannst du mir das vielleicht verraten?«

Erinnere dich an die traurige, verfrühte Pilgerfahrt zu einer fremden, französischen Adresse. Sie hatten die Straße, dann das Haus nur mit Mühe gefunden, doch niemand dort erinnerte sich an den Namen, den sie nannten. Mit gerunzelter Stirn versuchte Anastasia unwillkürlich, sich die Adresse ins Gedächtnis zurückzurufen. Sie merkte, daß ihre Großmutter sie beobachtete.

Ohne innere Anteilnahme sagte sie: »Ich bin mir nicht sicher, was sie wollte. Sie wußte es selbst nicht. Sie suchte nach jemandem, an den sie sich noch aus ihrer Schulzeit dort erinnerte, aber die waren verzogen. Es war nur so eine Idee von ihr.«

Mrs. King lehnte sich zurück und seufzte.

»Ach, alles in allem war es eine jämmerliche Angelegenheit.«

Sie verstummte und hing einem bitteren Gedanken nach.

Schließlich sagte sie: »Schade, daß sie dich hat nachkommen lassen, Anastasia, und schade, daß du ihr gefolgt bist. Es hat deinem Vater das Herz gebrochen.«

Anastasia erwiderte nichts. Sie war müde und setzte sich hin, wo sie stand, auf den Kaminvorleger.

»Jedenfalls ist es gut, daß du nach Hause gekommen bist, auch wenn es nur zu Besuch ist. Dein Vater, Gott hab ihn selig, würde sich freuen, wenn er wüßte, daß du hier bist.«

Die Großmutter stand auf und sammelte ihre Sachen auf dem Tisch neben sich ein. Ihre Bewegungen waren steif, aber entschlossen. Stets bewegte sie sich so, als wüßte sie genau, was sie tat.

»Bist du jetzt reif fürs Bett, Kind?«

»Noch nicht, Grandma. Ich bleibe noch eine Weile am Kamin sitzen.«

Zaghaft sah sie auf.

»Grandma, was hast du eben damit gemeint, ›nur zu Besuch‹? Ich hatte wirklich gehofft, für immer hierbleiben zu können.«

Mrs. King wandte sich zu ihr.

»Nein, Anastasia. Das kommt nicht in Frage. Du hast doch die Wohnung behalten, oder?«

»Ja. Ich hatte es eilig, von dort wegzukommen. Ich habe mir gedacht, daß ich später zurückfahre und alles in Ordnung bringe.«

»Ich fürchte, du hast dich zu sehr auf mich verlassen. Das darfst du nicht. Ich kann dir kein Zuhause bieten. Das Haus hier hat sich verändert. Ich pflege mit niemandem Umgang.«

Sie lächelte vor Zorn.

»Als ich merkte, daß sie Katharine draußen in der Diele Fragen stellten, nachdem deine Mutter davongelaufen war, habe ich allen Kontakt abgebrochen. Ich gehe zur Messe, das ist alles. Als ich dein Telegramm bekam, hatte ich nicht den Mut, dir abzusagen. Du brauchst einen Tapetenwechsel. Es ist nur natürlich, daß du uns einen Besuch abstatten willst. Aber mehr als das, nein. Vielleicht wäre es anders gekommen, wenn du bei mir gewesen wärst, als er starb. Aber du warst nicht hier.«

Sie hielt keinen Trost bereit. Anastasia blickte sie an, und dann betrachtete sie die Stelle, wo sie gestanden hatte. Sie beobachtete die züngelnden Flammen, bis sie zu erlöschen begannen. Die roten Stäbe des Feuerrosts verfärbten sich grau und danach rostig schwarz. Hin und wieder flackerten die verglimmenden Kohlenstücke noch einmal schwach auf. Sie blieb auf dem Kaminvorleger sitzen und döste vor sich hin. Kurz nach Mitternacht fiel wieder ein feiner Regen, tropfte durch den Rauchfang herab und entlockte dem erloschenen Feuer ein Zischen. Das leise Geräusch weckte sie, und schläfrig setzte sie sich auf. Eine vorübergehende kalte Brise, die zum Rauchfang hereinwehte und lautlos durchs Zimmer huschte, ließ sie frösteln. Das stumme, düstere Zimmer ängstigte sie, und sie stolperte zur Tür. Doch das Licht in der Vorhalle beruhigte sie ebenso wie das stete Ein- und Ausatmen ihrer Großmutter, als sie an der offenen Schlafzimmertür im zweiten Stock vorüberging.

Während draußen der Regen niederging, durchschlief Anastasia tief und fest den Rest der Nacht. Einige Leute in der Stadt wachten auf und lauschten eine Weile dem stetigen Getrommel auf ihren triefenden Fensterbrettern. Die Lichtkreise unter den Straßenlaternen wurden zu dunkel schimmernden Lachen und dienten weit entfernten Sternen als gewölbte Spiegel. Langsam schlugen sämtliche Turmuhren die Stunden, bis sich das erste Tageslicht ausbreitete und innerhalb und außerhalb des Hauses einen grauen Morgen verkündete.

In den Wintermonaten blieben Haus und Garten stets für sich, als wären sie voneinander geschieden. Seit sie denken konnte, war das schon so gewesen. Die niedrigen Steinmauern schlossen sich fest um die leeren Blumenrabatten und die Rasenfläche, die bald festgefroren war, bald vom Regen durchweicht. Die Holzbank nahe dem Goldregen trocknete nie soweit, daß man sich darauf niederlassen konnte. Wenn man den Garten vom Haus aus sah, schien er von einem eisernen Schweigen eingefaßt. Ging man jedoch zufällig ans hintere Ende des Gartens und wandte sich um, so gewann das Haus selbst ein in sich gekehrtes Aussehen, bot einen gestrengen, gleichgültigen Anblick. Wenn man im Winter draußen stand, war man abgeschnitten und für sich, denn das Leben in der Erde ringsum war zum Stillstand gekommen oder verlief im Geheimen, und es gab nichts, das einen willkommen hieß.

Der große Küchenofen wurde von morgens bis abends befeuert und füllte das Souterrain mit behaglicher Wärme. An den ärgsten Wintertagen, aber auch an anderen Tagen, brachte Katharine arme Männer herein, setzte sie an ihren Tisch und reichte ihnen eine Mahlzeit. Viele Arme, Männer und Frauen, kamen bittend zur Souterraintür. Manchmal sangen sie zuerst draußen und suchten mit gehetzten Blicken die Fenster der oberen Geschosse ab; manchmal wickelten sie vorsichtig eine Blechflöte oder eine Fiedel aus und spielten ein Weilchen, oder sie verkauften alte Schnürsenkel und Bleistifte, aber es waren alles arme Leute.

(»Du darfst ihn niemals Bettler nennen«, sagte Katharine in strengem Flüsterton zu Anastasia. »Das ist ein armer Mann, Gott steh ihm bei.«)

Durch die Hintertür, die vom Garten auf die enge Gasse hinter dem Haus führte, ging im Winter nur selten jemand, da der Weg dann von einer Laubschicht überzogen und glitschig war. Botenjungen auf Fahrrädern benutzten ihn als Abkürzung.

Mit großer Geschwindigkeit schlitterten sie hin und her. Sie pfiffen im Fahren und grüßten einander mit lauten Stimmen.

All die längst vergangenen Winter schienen im Schein des Feuers aufgehoben zu sein. In ihrer Erinnerung züngelten in all den kleinen Kaminen im Haus leise die stummen Flammen auf und wärmten die Hände und Gesichter der Familie. Da war Katharine, die sich bückte, um an einem widerspenstigen Holzscheit herumzustochern. Und die Mutter, diese blasse und gar nicht verschwenderische Person, die es nach einem Spaziergang im Freien zur Wärme drängte.

Wenn der Frühling kam, wurden die Fenster im ganzen Haus weit aufgestoßen, und der Garten schien zu lächeln, so viele neue Farben gab es darin. Statt sich, wie bei kaltem Wetter, vor den warmen Ofen zu kauern, wartete die Katze auf dem Zementboden vor der Küchentür ungeduldig auf ihr Frühstück. An Vorfrühlings- und Sommermorgenden fielen die Sonnenstrahlen auf den Zement vor der Tür, und die Katze legte die Ohren an und schleckte die Milch auf, daß es spritzte. Es gab kleine Insekten, die aus dem Gemäuer gekrabbelt kamen, um in der Sonne spazierenzugehen, doch Katharines Besen machte kurzen Prozeß mit ihnen.

Pflanzen wurden aus ihren Töpfen herausgehoben und ins Erdreich gesetzt, die roten Blumentöpfe bis zum nächsten Winter weggeräumt.

Bis zum nächsten Winter und zum nächsten Winter und zum nächsten Winter. Im Geiste vergingen sie alle langsam, wie Wolken an einem Sommerhimmel, doch kaum hatte man gerufen oder den Kopf gewandt, verflogen sie eilends, jagten einer dem anderen nach, bis zuletzt nicht mehr als ein Befremden übrigblieb, ein flüchtiger Gedanke, der einen Moment lang nachzitterte, bis er, vielleicht, versunken war.

Anastasia ging im Park vor dem Haus spazieren. Sie folgte dem Weg, der an seinem Rand entlangführte, bis sie den gesamten Park zweimal umrundet hatte. Dann änderte sie die Laufrichtung und schritt geradewegs in die wenig geheimnisvolle Mitte des Parks, wo sie, wie erwartet, auf ein kleines Steinhaus stieß, ein Sommerhäuschen, in dem zwei lange steinerne Bänke standen, auf denen bei sonnigem Wetter gern die Kindermädchen saßen. Sie trat ein und setzte sich.

Das Sommerhäuschen war nach allen Seiten hin offen, und von ihrem Platz aus konnte sie das Haus ihrer Großmutter sehen. Sie empfand sein Schweigen und starrte es an. An diesem naßkalten Tag war der Park schon seit dem Morgen menschenleer, und jetzt brach rasch der Abend an, brach über die Stadt herein. Sie saß da in der Kälte.

Jemand kam um die Ecke gehastet und ging, wie sie sehen konnte, schnurstracks auf das Haus zu. Wer mochte das sein? Es war eine Frau, und sie trug einen Hut, ansonsten gab es an ihr nichts Auffälliges. Sie hatte die Hand an der Türglocke, und Anastasia, die zusah, spürte deren jähes Geläute durchs Haus hallen. Wie erstaunt sie sein mußten. Sie wußte, wie sie klang. Jäh und laut in der Küche, wo Katharine sich just in diesem Augenblick in gereizter Überraschung aufrappelte, um zur Diele hinaufzusteigen. Fern und süß im Zimmer ihrer Großmutter, noch ferner in ihrem eigenen Zimmer.

Ich glaube nicht, daß die Glocke auch nur einmal ertönt ist, seit ich am Abend meiner Heimkehr, vor fünf Wochen, geklingelt habe.

Dann fiel ihr wieder ein, wie sich die Tür geöffnet hatte, während sie noch im Taxi saß. An jenem Abend war es gar nicht nötig gewesen zu klingeln. Jetzt machte Katharine auf, und die Besucherin trat ein. Sie trat in die Vorhalle, und die Tür schloß sich hinter den beiden einander zugewandten Gesichtern. Gleich darauf ging das Licht im Wohnzimmer an, und da waren sie wieder, wenn auch undeutlich. Katharine kam ans Fenster und zog die Vorhänge zu. Sie hatte den Kopf weggedreht und redete mit jemandem hinter sich. Auch in Mrs. Kings Zimmer ging das Licht an. Sie ist von ihrem Nikkerchen erwacht und wird herunterkommen. Anastasia stellte sich vor, wie ihre Großmutter auf der Kante ihres großen Bettes saß, sich durchs Haar fuhr, den Kragen um ihren Hals befestigte und einen Moment auf den Fußboden starrte, ehe sie sich, steif in den Gelenken, mit den Verrichtungen des Abends befaßte: Teestunde und Kamin, Abendessen und Kamin.

Jemand trat auf die Treppe heraus. Es war Katharine in ihrer großen weißen Schürze. Sie winkte Anastasia heftig zu. Vermutlich lächelt sie. Selbst wenn sie mich nicht sehen kann, weiß sie doch, daß ich hier bin. Sie hat mich die ganze Zeit beobachtet, dachte Anastasia und blickte hoch über das Dach des Hauses hinweg, hinauf zu dem dunkelnden Himmel, um Katharine, ihr Winken und die offene Haustür aus ihrem Gesichtskreis zu verbannen. Als sie, ermattet, wieder hinsah, stand Katharine noch immer da und winkte noch immer, und die Besucherin war ans Fenster getreten, stand zwischen den Vorhängen und schaute heraus.

Anastasia blickte zu Katharine, die auf der Treppe winkte. Sie suchte nach der Stelle, wo Katharines Augen sein mußten, die jetzt finster dreinschauen würden. Sie blickte geradewegs in Katharines Augen, ließ sich aber nicht anmerken, daß sie sie sah. Sie rührte sich nicht. Katharine machte kehrt, ging wieder ins Haus und schloß die Tür hinter sich. Am Wohnzimmerfenster fielen die Vorhänge zu. Jetzt konnte sie die Dunkelheit wahrnehmen. Da waren die einsamen Lichter der Straßenlaternen, und in der Luft lag ein schwacher, grauer Schleier, der vom Tag übriggeblieben war. Auch der wird bald verschwunden sein, und die Sterne werden funkeln. Aber noch nicht gleich.

Sie erhob sich und ging durch den Park wieder aufs Haus zu. Es war Teestunde oder ein wenig später. Sie betrat das Haus durch einen Seiteneingang und ging lautlos in ihr Zimmer. Irgendwann später klopfte Katharine an ihre Tür. Lächelnd kam sie herein. Ihr Gesicht verriet keine schlechte Laune. Sie sah müde, aber vergnügt aus.

»Deine Großmutter möchte wissen, ob du herunterkommst und mit ihr und Miss Kilbride eine Tasse Tee trinkst. Miss Kilbride würde dich gern sehen. Du wirst dich an sie erinnern. Sie ist die einzige, die überhaupt noch kommt.«

»O ja, ich erinnere mich noch an sie, sehr gut sogar. Meine Mutter hat sie sehr gern gehabt. Natürlich erinnere ich mich.«

Sie trat zum Spiegel.

Sie fragte: »Es kommt überhaupt niemand mehr?«

Katharine musterte sie mit einem kühl taxierenden Blick. »Es kommt kaum noch jemand, nein. Hast du einen schönen Spaziergang gemacht? Vorhin habe ich versucht, dir ein Zeichen zu geben, damit du hereinkommst, aber du hast nicht hergeschaut. Also, willst du nun deinen Tee? Ich habe dir eine Tasse hingestellt.«

»Ich komme.«

Sie ging nach unten. Die Großmutter saß an ihrem angestammten Platz, in ihrem Sessel. Ihr gegenüber saß eine kleine, verhutzelte Frau mit verblaßten grünen Augen und erstaunlich kohlschwarzem, in der Mitte gescheiteltem Haar, das tief im Nacken zu einem Knoten gewunden war. Sie rauchte und führte die Zigarette so behutsam zum Mund, als könnte sie explodieren. Dann hielt sie die Zigarette zur Seite und warf einen prüfenden Blick auf Anastasias Beine, betrachtete ihr Gesicht, lächelte leutselig und streckte ihr die Hand entgegen.

»Mein liebes, liebes Kind«, sagte sie. »Erinnerst du dich noch an mich?«

Sie hatte eine atemlose Stimme und hüstelte leicht.

Anastasia lächelte ihr freundlich zu. Sie war froh, daß sie heruntergekommen war. Sie warf ihrer Großmutter, die offenbar die Teetassen bewunderte, einen Blick zu. Katharine kam mit heißem Wasser und einem Teller Scones herein. Katharine hoffte, daß der Tee stark genug sei.

Immer trägt sie ein Tablett oder dergleichen, dachte Anastasia. Immer hat sie irgendwelche Sachen zur Tür herein- oder hinausgetragen, außerdem muß sie eine Menge wissen. Im stillen denkt sie bestimmt viel nach.

Katharine stellte das Tablett ab und richtete sich auf.

Sie sagte: »Meine Schwester hat mir etwas Schreckliches erzählt. Über die Mutter einer Freundin von ihr, die neulich von einem Zug getötet wurde. Nein. Eigentlich hat nicht der Zug sie getötet. Eines Abends ist sie aus dem Haus gegangen, einfach fort. Aus irgendeiner Laune heraus ist sie über die Geleise gelaufen. Sie hat sie auch richtig überquert, aber dann ist sie hingefallen. Ich nehme an, es waren die Nähe und der Lärm der großen Lokomotive. Später hat sie sich aufgerappelt und konnte auch durchaus noch reden, aber am Tag darauf ist sie gestorben.«

Mit ängstlich fragendem Blick schaute sie in die Runde. Sie schwiegen sie an.

Anastasia sagte: »Die arme alte Frau.«

Mrs. King sagte: »Ihre Zeit war um, Katharine.«

»Brauchen Sie sonst noch etwas?« fragte Katharine, ging aus dem Zimmer und schloß leise die Tür hinter sich.

So saßen sie zu dritt da mit ihrem Tee. Miss Kilbride saß angespannt in ihrem Sessel. Sie gab auf alles acht; selbst ein plötzliches Zischen des Feuers nötigte ihr ein leises Lächeln ab. Ihre Augen ruhten unverwandt auf Anastasias Gesicht, und Anastasia spürte ihre forschenden Blicke ebenso wie die Großmutter. Diese war nicht länger belustigt, sondern verlegen und mürrisch. Ihr Mißmut zeigte sich in der schroffen Art, wie sie mit den Teetassen umging. Sie war verärgert, weil das Zimmer plötzlich von Leben erfüllt war, weil sie Neugier und Mutmaßungen bemerkte, wo es zuvor nur unabänderliche Schwermut und immer ausgedehntere Erinnerungen gegeben hatte.

Und doch fühlte sie sich überlegen, weil sie mit den schüchternen Bemühungen, die die Erneuerung der Bekanntschaft zwischen Anastasia und Miss Norah Kilbride kennzeichneten, nichts zu tun hatte. Diese waren einsam und unzufrieden, sie dagegen einsam und zufrieden, und verschlossen.

Um sechs Uhr erhob sich Miss Kilbride und setzte ihren Hut auf, einen kleinen, runden Hut, der aussah wie der Bowler eines Herrn, mit einer gebogenen Feder an der Seite. Sie schaute in den Spiegel und ordnete ihr Haar. Dann verabschiedete sie sich und nahm Anastasia lächelnd und nickend das Versprechen ab, sie alsbald zu besuchen.

»Sie ist ein verrücktes Huhn«, sagte die Großmutter fröhlich, nachdem sie gegangen war. »Sie ist meine älteste Freundin, aber ich glaube, sie ist verrückt. Das ist eine Perücke, was sie da trägt.«

»Hat sie eine Glatze?«

»Ich glaube ja, jedenfalls so gut wie. Vor Jahren hatte sie eine Krankheit, von der sie nie ganz genesen ist. Damals sind ihr die Haare ausgefallen. Sie hatte ziemlich schönes braunes Haar. Ihre Mutter war eine wahre Teufelin, die zwar das Bett hüten mußte, das Haus aber mit eiserner Faust regiert hat. Es ist ihr auch gelungen, Norah von einer Heirat abzuhalten. Obwohl sie seit dreißig Jahren tot ist, hat sie das Mädel immer noch an der Kandare.«

Anastasia setzte sich auf die Stuhlkante und starrte ins Feuer. Die Großmutter seufzte.

»Hörst du?« sagte sie. »Ich nenne sie Mädel. Sie ist über siebzig und dabei jünger als ich. Wir zwei sind zusammen zur

Schule gegangen. Die arme Norah. Aber ich glaube, sie mag ihre Perücke.«

Anastasia lächelte zu ihr hinüber.

»Sie tätschelt sie, als sei sie ihr ans Herz gewachsen«, sagte sie.

»Du solltest sie bald besuchen«, sagte Mrs. King. »Sie ist ein armes, einsames Geschöpf.«

Nach einiger Zeit kam Weihnachten. Anastasia bereitete es größtes Vergnügen, Geschenke für ihre Großmutter und Katharine einzukaufen. Sie schlug sie heimlich in Geschenkpapier ein und versteckte sie in der unteren Schublade ihres Kleiderschranks. Jeden Nachmittag verbrachte sie in den Läden. Sic schlenderte die Grafton Street hinunter. Die Menge, die weihnachtliche Menge, unachtsam, in Einkaufslisten und Pläne vertieft, umdrängte sie mit lärmender Eile, während sie, ohne dringliche Geschäfte, vernünftig blieb und auf die kleinen Dinge achtete, die sie interessierten. Sie lauschte den aufgeregten Stimmen der Kinder und beobachtete ihre Mütter, jene mit Geld und jene, die nur wenig erübrigen konnten.

In einem großen Kaufhaus in der Grafton Street blieb sie unentschlossen stehen und schaute zwei Mädchen dabei zu, wie sie eine Halskette auswählten. Die Mädchen blickten auf und sahen sie, und sie tat so, als suche sie jemanden. Die Menschen strömten ins Geschäft, und von ihrem Platz aus sah sie ihnen zu. Nach einer Weile stellte sie fest, daß sie gespannt nach dem Gesicht ihrer Mutter Ausschau hielt.

Dann kam es ihr vor, als träte ihre Mutter ein. Sie trug den vertrauten kleinen schwarzen Hut und strebte mit präzisen, geschäftigen Schritten auf die Treppe zu. Ihr Gesicht war heiter, und in ihren Augen stand der klare Blick, den sie Fremden zuliebe aufsetzte.

Ich kann sogar ihren Rücken sehen. Und sie beobachtete, wie der schlanke, gerade Rücken die Treppe hinauf entschwand.

Sie ist zur Modeabteilung gegangen, dachte sie, und ohne zu zögern, eilte sie selbst zur Modeabteilung.

»Haben Sie meine Mutter gesehen?« fragte sie eine der Verkäuferinnen. »Sie ist nicht sehr groß, trägt einen schwarzen Mantel und einen kleinen Hut mit einem Vogel. Ich glaube, sie war eben noch hier.«

»Wir haben alle Hände voll zu tun, Miss«, antwortete die Verkäuferin. »Mir ist niemand aufgefallen.«

Ich kann sie doch nicht hierlassen, dachte Anastasia. Unschlüssig streifte sie ein paar Minuten lang umher, konnte das Gesicht ihrer Mutter aber nicht länger heraufbeschwören.

Sie verließ das Kaufhaus und ging in eine nahegelegene Kirche, wo sie eine Kerze anzündete und sich zum Gebet niederkniete. Nach einer Weile sah sie, wie sich ihre Mutter einige Reihen vor ihr auf eine Bank gleiten ließ. Dort kniete sie reglos nieder, wie sie stets gekniet hatte, das Gesicht zum Altar gewandt. Die Hände, in denen sie ihren Rosenkranz hielt, hatte sie vor sich gefaltet.

Hier kann ich sie sitzenlassen – und widerstrebend trat sie hinaus auf den Mittelgang und beugte das Knie. Fröhliche

Weihnachten, flüsterte sie und ging langsam zum hinteren Kirchenausgang. Sie warf ein Almosen in die Armenbüchse und bekreuzigte sich mit Weihwasser. Sie zitterte und befand sich in jener weichen, ungewissen, dankbaren Stimmung, die leicht in Tränen endet. Es war schon finster, aber nach dem lastenden Dunkel der Kirche schien die Luft in der Straße zu leuchten.

Zu Hause kam Katharine zur Tür und begrüßte sie lächelnd. Sie band sich ihre Schürze auf dem Rücken zu.

»Deine Großmutter wollte mit dir reden, wenn du zurückkommst. Sie ißt gerade zu Abend. Dir hat die Kälte aber zugesetzt, Kind.«

»Mir ist ein bißchen kalt.«

Sie warf ihren Mantel über den Stuhl in der Vorhalle. Dann blickte sie in den Dielenspiegel und strich sich die Haare glatt. Die Großmutter wartete schon auf sie. Ihr weißes Haar stand ein wenig von ihrer Stirn ab, von ihren kühlen, alten blauen Augen.

»Hast du einen schönen Spaziergang gemacht, Anastasia?«

»Ich habe ein paar Einkäufe erledigt. Es war zwar überfüllt, aber es hat mir Spaß gemacht. Ich habe den ganzen Nachmittag in den Geschäften zugebracht.«

»Solange du nicht dein ganzes Geld in den Geschäften gelassen hast.«

Sie lächelten, und Anastasia nahm eine Tasse Tee.

»Was das liebe Geld angeht – hast du genug?«

»Reichlich, danke.«

»Sag mir Bescheid, wenn dir das Geld ausgeht. Ich habe mich gefragt, ob du am Samstag in die Christmette möchtest.

Ich selber werde nicht hingehen. Wenn du möchtest, kannst du meine Eintrittskarte haben, aber ich möchte Father Duffy Bescheid geben.«

»Ja, ich möchte schon. Könnten wir nicht zusammen gehen?«

»Ich bin dem nicht gewachsen, Anastasia. Ich gehe ohnehin lieber zur gewöhnlichen Messe am ersten Weihnachtstag.«

»Nun ja, ermüdend ist es schon. Wirst du mir also deine Karte geben?«

»Ja, natürlich, aber wenn du dir einen Sitzplatz sichern willst, mußt du lange vor Mitternacht da sein.«

Ihre Stimme klang kräftig und munter. Sie hörte sich an, als wollte sie sagen: Willkommen daheim. Anastasia merkte, wie ein Gefühl gespannter Erwartung in ihr aufstieg, und sie suchte nach einem freundlichen Wort, das sie sagen könnte, fand aber keins. In ihrer Aufregung lächelte sie. Sie fühlte sich angenommen. Es mußte an der Messe liegen. Sie freut sich, daß ich gehe. Sie spürte, wie die nervöse Steifheit, die sie nicht in sich vermutet hätte, verflog. Intensiv suchte sie nach einem arglosen, natürlichen Wort, das sie von sich geben könnte, aber es gab kein solches Wort. Es machte nichts. Von jetzt an würde sie jeden Sonntag zur Messe gehen. Sie blickte vom Fußboden über die Wände zur Decke, musterte ihr Zuhause. Zum zweiten Mal an diesem Tag traten ihr die albernen Tränen der Schwäche in die Augen. Mein Zuhause, dachte sie und richtete sich wieder darin ein.

In dieser Woche verflogen die Tage rasch, und dann, am Samstag, war auch schon Heiligabend. Anastasia ging zur Christmette. Sie kniete allein für sich und sah all die Menschen um sich her, sie empfand zärtliches Mitgefühl für sie alle und wollte sie umarmen. Die Kirche war voll. Die Leute in ihrem Sonntagsstaat knieten dicht nebeneinander, wandten alle neugierig die Köpfe, sahen sich in der Kirche um und einander an, als seien sie zum ersten Mal da. Nur einige wenige schienen sich ganz dem Gebet zu widmen und dem im Lichterglanz erstrahlenden Altar.

Sie blickte zum Altar und betete aufrichtig. Die Kerzen flakkerten, plötzlich erklang das kleine Glöckchen, und der Chor sang gemeinsam. Langsam nahm die Mette ihren Fortgang, wie zum Takt eines schwingenden Pendels. Altardiener, große und kleine, beugten die Knie und schritten vor dem Altar hin und her. Der Priester streckte die Arme aus, winkelte sie wieder an und neigte das Haupt. Er segnete die Gläubigen, ohne sie anzuschauen, den Blick weit über ihre Köpfe gerichtet. Die Leute raschelten und rutschten auf den Knien. Sie lauschten der Orgel und dem Chor. Jede Abwechslung war ihnen recht. Die Menschen waren ein gekräuselter See, der sanft plätscherte, und der Altar in der Mitte eine Insel, auf der es nur eine richtige Bewegung gab. Die Predigt des Priesters schien kein Ende nehmen zu wollen, doch als sie vorbei war, verging der Rest der Mette wie im Flug.

In einem dunklen Winkel der Kirche war die Krippe aufgebaut. Anastasia bedachte sie mit einem flüchtigen Blick, bevor sie sich auf den Heimweg machte. Als sie nach Hause kam, brannte im Souterrainfenster Licht. Katharine trinkt Tee, dachte sie, sperrte leise auf und stahl sich durch die Vorhalle. Als sie nach oben ging, spürte sie, wie die Stille des Hauses sie gemächlich umfing. Wie leise es in der Dunkelheit war. Jeder Treppenabsatz eine neue Schwärze, und als sie zum obersten Absatz gelangte und das Licht in ihrem Zimmer anknipste, war sie erleichtert. In dem jähen gelben Licht sah ihr Zimmer unwirklich aus. Es war wie ein Bühnenzimmer, übersichtlich und vertraut, aber in weiter Ferne und zu ordentlich. Sie legte Hut und Mantel auf dem Bett ab. Es war sehr kalt. Um sich zu wärmen, rieb sie sich die Hände und setzte sich neben den kleinen Gabentisch. Sie hatte je drei Geschenke für ihre Großmutter und für Katharine und eines für Miss Norah Kilbride, die zum Weihnachtsessen kommen sollte. Sie saß da, und in ihrer inneren Stille vernahm sie das Echo all dessen, was sie unternommen hatte. Jetzt war der erste Weihnachtsfeiertag, der zauberische Morgen der Kindheit, und sie gedachte all der Weihnachtstage vor langer Zeit, da sie sich im Schlaf umgedreht hatte, um die sperrigen Bündel neben ihrem Bett zu betasten.

Eines der Geschenke für Katharine war lang und flach, die Handschuhe. Eines war klein und viereckig, die Brosche. Eines war länglich, das Kölnischwasser. Ich hätte nicht so viel kaufen sollen. Sie nahm sie in die Hand und stürzte mit einem einzigen furchtsamen Atemzug nach unten. Im Traum fliegt man hinab, berührt die Stufen kaum mit Ballerinazehen, eine Hand federleicht auf dem Geländer. Wie einem in einer Nacht wie dieser vor Angst das Herz zerspringt.

Katharine saß am Küchentisch und aß eine dicke Scheibe Toast mit Marmelade. Auch sie war, zusammen mit ihrer Schwester, zur Christmette gegangen. Sie hatte ihren Hut nicht abgenommen. Er saß flach auf ihrem Kopf, wie ein Schiff mit vollen Segeln. Ihre schmucken schwarzen Kleider fielen glatt an ihr herab. Die lange Mette, der Weihrauch hatten ihr ein sonntagmorgendliches Aussehen verliehen, und sie wirkte wie in frommer Festtagsstimmung. Neben ihrem Teller, neben ihren schwarzen Wollhandschuhen lag ihr dickes Gebetbuch, prall gefüllt mit Heiligen- und Seelenbildchen, ins Reine geschriebenen und hineingelegten Zusatzgebeten.

Sie lächelte Anastasia freudig zu und rieb sich die Hände, um sie von Krumen zu befreien.

»Je nun«, sagte sie, »je nun, je nun.«

»Fröhliche Weihnachten!« rief Anastasia und legte Katharine die Geschenke in den Schoß. »Wir haben uns eine Tasse Tee verdient, nach all unseren Gebeten.«

Sie bekam eine Tasse und setzte sich an den Tisch. Katharine, die sie beobachtete, hörte auf zu lächeln. Zitternd blickte sie auf ihre Geschenke.

»Was hast du dir denn dabei gedacht? Was hast du dir dabei nur gedacht?«

Ihre Stimme klang höher als gewöhnlich und nicht eben herzlich.

»Fröhliche Weihnachten«, sagte Anastasia schwungvoll und lächelte. »Ist es nicht eine wunderbare Nacht? Die Sterne stehen am Himmel und der Mond. Nichts davon ist wirklich zu gebrauchen, Katharine, ich habe sie aus schierem Leichtsinn ausgesucht, wenn es dir nichts ausmacht. Wirst du sie nun auspacken, oder soll ich sie für dich auspacken?«

Katharine antwortete bedächtig: »Daran zu denken. Also das hast du im Schilde geführt, allein da oben in deinem Zimmer?«

Sie breitete die Päckchen sorgsam auf dem Tisch aus. Dann ging sie daran, das kleine, viereckige auszuwickeln. Unvermutet nahm sie ein großes weißes Taschentuch heraus, schneuzte sich und lachte. Sie blickte ernst auf. Was für ein närrisches, sorgenvolles, ehrliches Gesicht.

»Kind, warum suchst du dir nicht ein paar Freundinnen? Das tut dir doch bestimmt nicht gut, immer so allein zu sein.«

»Mach ich, mach ich. Sorg dich nur nicht um mich, Katharine. Ich fange doch eben erst an, mich einzugewöhnen. Das dauert eine Weile, weißt du. Aber ich glaube, es wird sich alles ändern. Ich hab's im Gefühl.«

»Ach, es freut mich, das zu hören.«

Gedankenverloren starrte sie auf den Tee, in dem sie rührte, und sagte schüchtern: »Seit du nach Hause gekommen bist, wollte ich dich schon immer mal fragen, was für ein Leben du dort drüben geführt hast. Du weißt, daß ich deine Mutter sehr gern gehabt habe.«

»Ich weiß, Katharine.«

Sie verstummte und dachte träumerisch an die Zeit zurück. All die Jahre in Paris schienen in einem einzigen Wort vereint, aber sie konnte sich an das Wort nicht erinnern, obwohl es ihr vertraut war.

»Wir hatten eine hübsche Wohnung«, sagte sie schließlich. »Sie war möbliert, aber Mutter hat eine Menge Dinge hinzugefügt und die Zimmer dekoriert und so. Das hat ihr sehr gutgetan. Anfangs hatten wir überhaupt keine Freunde. Alle, die wir kannten, waren Freunde der Familie, und von denen wollte sie niemanden sehen. Natürlich kannten wir die Nonnen in dem Kloster, wo sie zur Schule gegangen war. Als ich ankam, wohnte sie bei denen, wollte aber dort nicht bleiben. Wir sind in ein Hotel gezogen, dann haben wir uns die Wohnung genommen. Es war in Ordnung. Ich habe am Unterricht in der Klosterschule teilgenommen, aber nur für ein Jahr.«

Katharine hörte aufmerksam zu.

Sie fragte: »Dann hast du wohl in deinen Schulklassen Freundinnen gefunden?«

»Ja.«

Anastasia schwieg. Sie wußte nicht, was sie noch sagen sollte.

»Natürlich waren sie alle sehr nett. Ich war sehr gut mit ihnen befreundet. Aber die meisten waren Internatsschülerinnen, sie hatten ihre eigene Clique. Außerdem besuchte Mutter niemanden. Sie hatte den Eindruck, daß die Leute über sie tuschelten. Außerdem bin ich ja nur ein Jahr lang zur Schule gegangen. Ich habe mich an der Universität eingeschrieben, aber das war in dem Winter, als sie krank wurde und wir für einen Monat in die Schweiz gingen, und als ich zurückkam, war es schon zu spät, um das Studium aufzunehmen. Außerdem wollte ich auch nicht so richtig, um die Wahrheit zu sagen.«

Sie gähnte.

»Es war schön«, sagte sie. »Wir taten, wozu wir Lust hatten. Mutter ging die ganze Zeit zur Messe und verbrachte viel Zeit mit den Nonnen.«

»Und bist du nie irgendwelchen netten jungen Männern begegnet, mit denen du hättest ausgehen können?«

Anastasia antwortete: »Nein, irgendwie kam es nicht dazu.«

Schläfrig erhob sie sich vom Tisch.

»Ich gehe zu Bett. Ich bin todmüde. Gute Nacht, Katharine.«

Katharine saß immer noch gedankenvoll über ihrem Tee.

»Gute Nacht, Liebling«, sagte sie. »Und nochmals fröhliche Weihnachten.«

Sie war zwar schläfrig, doch auf dem zweiten Treppenabsatz erregte etwas ihre Aufmerksamkeit, und sie blieb stehen. Das war doch das Knistern eines Feuers. Einen Augenblick zögerte sie, dann öffnete sie die Tür zum Zimmer ihres Vaters. Dort brannte ein hell loderndes Feuer, das auf seine Bücher, seinen Schreibtisch, sein hohes Bett Schatten warf. Ebensogut hätte er darin liegen und die Flammen beobachten können, wie sie es ihn oft hatte tun sehen, nach einer leichten Erkrankung, einem Halsweh, einer Erkältung. Oder er mochte kurz in die Vorhalle hinuntergegangen sein oder gerade wieder auf dem Weg nach oben. Dann würde auf leisen Sohlen die Mutter hereinkommen, mit ihren sorgenvoll huschenden Blicken und ihren sanften Händen, rasch ums Bett herumtreten und stehenbleiben, um ihn in Augenschein zu nehmen. Sie würde sagen: »Was darf ich dir bringen?« oder »Wie geht's der Brust?« Dann würde er das Buch aufs Bett sinken lassen, sich mit gespielter Bitterkeit über die Behandlung beklagen, die ihm zuteil wurde, und nach der Tür, zu Anastasia, blicken, um ein Lächeln zu erhaschen.

Wieso brannte hier ein Feuer? Sie ging durch das Zimmer und setzte sich dicht an der Wand neben den Kamin. Sie lehnte das Gesicht gegen die Tapete. Freudig kam ihr die neue Freundlichkeit ihrer Großmutter in den Sinn. Dann beschlichen sie wieder Zweifel. Vielleicht bilde ich es mir nur ein, dachte sie.

Plötzlich regte sich in der dunklen Türöffnung etwas. Es war den Flur entlanggekommen, blieb stehen und blickte mit bleichem Gesicht herein. Da stand ihre Großmutter und stützte sich mit einer Hand gegen den Türpfosten. Ihr langes weißes Nachthemd berührte den Boden, und um die Schultern trug sie ein dunkles Tuch.

»Anastasia, bist du hier?«

»Ja.« Leicht fröstelnd kniete sie sich hin.

»Was treibst du in diesem Zimmer? Ich dachte, du wärst schon vor Stunden zu Bett gegangen.«

»Ich habe das Kaminfeuer gehört. Da bin ich hereingekommen. Es ist nichts, ich bin nur kurz hereingekommen, weißt du.«

»Jetzt aber marsch ins Bett, Kind. Es ist schon sehr spät. Morgen früh wirst du todmüde sein.«

Anastasia kauerte sich auf den Boden und lächelte.

»Ich habe es ganz vergessen, Grandma. Fröhliche Weihnachten. Als ich von der Mette nach Hause kam, habe ich mit Katharine gefrühstückt und ihr meine Geschenke nach unten gebracht. Sie war außer sich vor Freude. Sie hat sich wirklich sehr gefreut.«

»Ach ja?«

Mrs. King zog das Schultertuch fester um sich und blieb abwartend stehen. Sie wirkte ungeduldig. Ihre Haare waren geflochten und reichten ihr bis auf den Rücken.

»Jetzt aber ins Bett mit dir, Anastasia. Es ist zu spät für dich. Womöglich holst du dir noch eine Erkältung, und was soll dann werden?«

Ihre Stimme klang scharf und gereizt. Anastasia warf ihr einen kurzen Blick zu, und alle Fröhlichkeit fiel von ihr ab. Wo ist das ungezwungene Lächeln geblieben, das Behagen? Steh auf.

»Steh auf, du ruinierst noch deine Strümpfe.«

Zögernd trat die Großmutter ins Zimmer.

»Seit dem Tod deines Vaters zünde ich zu Weihnachten immer das Feuer an. Es bringt Leben ins Zimmer, und ich setze mich ein Weilchen hierher. Das ist alles.«

Als sie verstummte, brach die Unterhaltung ab. Es gab nichts mehr zu sagen. Verlegen schob Anastasia sich an ihrer Großmutter vorbei und ging in ihr Zimmer.

Dort, im gelben Lichtschein, stand der kleine Tisch mit den Geschenken.

Sie machte das Licht aus und kleidete sich im Dunkeln eilends aus. Ihr Kopf war voll schmerzlich-trüber Gedanken. Der Gedanke an die Unfreundlichkeit ihrer Großmutter beschämte sie zutiefst, und sie versuchte ihn zu vergessen. Ich bin nur auf Besuch hier, dachte sie verzweifelt und erzürnt und sank in einen angstvollen, traumerfüllten Schlaf.

Weihnachten ging vorüber. Die Tage kamen und gingen und brachten nichts Neues. Im Haus breitete sich eine Lustlosigkeit aus, die in den Vorweihnachtstagen nicht dagewesen zu sein schien. Die Großmutter saß täglich vor dem offenen Kamin, und Anastasia gesellte sich nur selten zu ihr. Je mehr Zeit ins Land ging, desto schneller schien ihr getrenntes Leben in Mißtrauen dahinzuschwinden, und das Haus umschloß sie so gleichgültig, als sei es fremd, als habe es die beiden nicht in glücklicheren Zeiten erlebt.

Eines Tages zu Beginn des neuen Jahres stand Anastasia vor Miss Kilbrides Haus und spähte hinein. Sie erinnerte sich nur noch vage daran, und jetzt betrachtete sie es aufmerksam, ja unruhig. Früher hatte es sie nur sehr selten hierher verschlagen, und doch war der Ort ihr teuer, weil sie zuerst als Kind gekommen war, das an der Hand gehalten wurde und mit einiger Ehrfurcht darauf zuging. Sie erinnert sich an die Hand ihrer Mutter, damals noch kräftig und fürsorglich, und an ihr blasses, verschleiertes Gesicht.

Mit einem ungeduldigen Seufzer stieß sie das Tor auf. Dies war das Haus, in dem Miss Kilbride ihre Jugend verlebt hatte, und noch immer pflanzte sie Blumen um dieselben runden Trittsteine, die schon verlegt worden waren, als sie jung war. Das kleine Tor öffnete sich quietschend zum bereiften, trostlosen Garten hin, und Anastasia schloß es sachte hinter sich und ging zur Haustür, um anzuklopfen. Ein junges Dienstmädchen, das eine saubere weiße Schürze trug, machte ihr auf. Sie führte Anastasia in das kleine Wohnzimmer.

Miss Kilbride kam fast unverzüglich herbeigeeilt.

»Ich bin so froh, daß du wirklich vorbeigekommen bist«, sagte sie aufgeregt. »Ich habe oben gesessen und mich danach gesehnt, mit jemandem reden zu können. Das Wetter ist so schlecht gewesen, daß ich nicht ausgehen konnte, weißt du.«

Sie hielt ein Streichholz ans Kaminfeuer und setzte sich, doch gleich darauf rappelte sie sich wieder auf und suchte nach Aschenbechern. Ihre Hüften unter dem steifen, in der Taille gegürteten Rock waren hoch, schmal und knochig. Beim Sprechen rieb sie sich nervös die Hände, selbst wenn sie eine Zigarette hielt, und hörte nur damit auf, um sich die Bluse glattzustreichen, den Rocksaum herabzuziehen oder die große Brosche an ihrem faltigen Hals zu berühren. Sie musterte Anastasia, heimlich wie auch unverhohlen, und beantwortete ihr Lächeln mit einem flüchtigen Lächeln ihrerseits und ihre Bemerkungen mit ernster, nervöser Aufmerksamkeit.

Ihr Zimmer wirkte klein und aufgeräumt, ein Besucherzimmer, nicht förmlich, aber auf sanfte, unaufdringliche Weise steif. Es gab zwei Polstersessel mit gerader Rückenlehne und ein kleines Sofa mit gebogenen Armlehnen und kleinen, wurstförmigen Kissen an beiden Enden. Und es gab einen gemusterten Teppich und gemusterte Tapeten, eine hohe, mehrteilige Spanische Wand und mancherlei Nippes aus Porzellan. Die Vorhänge wurden von Kordeln mit Quasten zurückgehalten. Über dem Kaminsims hing ein großes Ölgemälde, ein Bildnis von Miss Kilbrides Mutter, einer Frau mit glatten blonden

Haaren, breitem Mund und großen, argwöhnischen blauen Augen.

»Kannst du dich vom letzten Mal, als du hier warst, noch an das Porträt meiner Mutter erinnern, Anastasia?«

»O ja. Ich erinnere mich noch sehr gut.«

Sie sah zu ihm auf, zu dem starren Blick und den sorgfältig gemalten, unnützen Händen, die einen kleinen weißen Fächer umfaßten.

»Du weißt ja, daß sie vor ihrem Tod lange Jahre bettlägerig war. Sie hat so viele Jahre dort oben in ihrem Zimmer gelegen, daß ich manchmal denke, sie ist noch immer dort. Aber das ist natürlich ganz albern. Und ich sitze nur selten hier. Meine Bücher sind alle oben in meinem Zimmer.«

Sie war befangen. So plauderte sie munter drauflos und rauchte dabei.

Anastasia sagte: »Nach ihrem Tod müssen Sie sich sehr einsam gefühlt haben.«

»Ja. Ich habe ihre Stimme und ihre Sorge um mich vermißt. Und die kleinen Anforderungen, die ihr Leben an mich stellte. All die kleinen Anforderungen, die man normalerweise an sich selber stellt, hat sie an mich gestellt. Das war nur natürlich. Manchmal dachte ich, auf andere müsse es bedrückend wirken, eine so willensstarke, schöne Frau so abhängig zu sehen. Zum Beispiel das Fenster in ihrem Zimmer. Um eine bestimmte Zeit mußte es immer offenstehen. Zum gegebenen Zeitpunkt bin ich immer hineingegangen und habe es geöffnet und bin wieder hinausgegangen, zurück zu meiner Arbeit. Dann stand es offen, verstehst du, gerade so, als hätte sie es selbst geöffnet. Oder die Tür zu ihrem Zimmer. Sie hatte es gern, wenn ich sie vom Frühstück bis zum Mittag, solange die Hausarbeit erledigt wurde, offenstehen ließ. Damit sie das Gefühl hatte, den Haushalt zu führen, wie sie es stets getan hatte. Zu dieser Zeit schrieb sie Briefe, kümmerte sich um die Rechnungen und derlei mehr. Dann, von zwölf bis halb zwei, wurde ihre Tür geschlossen, sie ruhte, und um halb zwei öffnete ich sie wieder, und sie nahm ihr Mittagessen ein. Und so fort. Sie hat immer gescherzt und gemeint, ich sei ihr anderes Ich. Manchmal rief sie mich sogar so. Dann sagte sie: ›Anderes Ich, ich glaube, das Fenster muß heute ein wenig früher geschlossen werden‹, oder dergleichen. Dann lachten wir beide.

Sie sagte immer, wir seien einander sehr ähnlich. Als Kind war ich sehr zart gebaut, ein schwaches, kleines Ding. Bei meiner Geburt wäre sie beinahe gestorben, und ich auch. Als ich siebzehn war, wurde sie bettlägerig. Heutzutage hätte man sie womöglich heilen können, wer weiß. Aber weshalb soll ich dich mit alledem deprimieren?«

»Sie deprimieren mich überhaupt nicht. Aber Sie sehen Ihrer Mutter gar nicht ähnlich, finde ich. Zumindest nicht, wie sie auf dem Bild dargestellt ist.«

»Das ist gemalt worden, als sie heiratete. Eigentlich sah ich ihr recht ähnlich, nur hatte ich einen dunkleren Teint. Wir haben uns oft ähnlich gekleidet. Sie war sehr feminin, weißt du, sie trug stets sehr schöne Kleider. Auch ich hatte hübsche Sachen anzuziehen. Um fünf hat sie sich immer für den Abend umgezogen. Wenn sie zum Tee Besuch hatte, hat sie sich besonders feingemacht. Oft ist die Schneiderin mit verschiedenen

Stoffproben gekommen, und wir haben viele Stunden damit zugebracht, sie durchzugehen und auszuwählen. Das hat mir Freude gemacht. Damals waren Kleider noch reizend, finde ich. Ich hatte ein hellgraues Wollkleid mit kleinen französischen Knöpfen, das mir besonders gut stand. Damals haben wir auf unsere Sachen sehr geachtet. Damals ist man nicht ins Geschäft gegangen und hat sich in einer Stunde etwas ausgesucht.«

»Damals ging alles viel langsamer«, sagte Anastasia. »Kein Radio, kein Telephon, keine Autos . . .«

Sie hielt inne. Sie war erstaunt, was für dummes Zeug sie da von sich gab.

Aber Miss Kilbride sagte ernsthaft: »Wie wahr.«

Plötzlich stand sie auf.

»Schau«, sagte sie.

Sie reckte sich über den Kaminsims und drehte das Bildnis ihrer Mutter mit dem Gesicht zur Wand. Nun hing es blind da.

»Siehst du, was ich getan habe?« fragte sie und warf Anastasia einen verschlagenen Blick zu.

Anastasia sagte nichts, sondern starrte sie nur an. Sie hatte Angst. Miss Kilbride drehte das Bild wieder um.

Sie sagte: »Irgendwann einmal wirst du verstehen, warum ich das getan habe. Ich wollte, daß du Bescheid weißt.«

Sie setzte sich wieder.

»Weißt du«, fuhr sie in einem anderen Tonfall fort, »ich habe das Gefühl, du hast es schwer mit deiner Großmutter. Ich hoffe, es macht dich nicht unglücklich. Es wird sich legen, wenn sie sich erst einmal daran gewöhnt hat, daß du wieder da bist. Sein Tod hat ihr das Herz gebrochen, weißt du. Sie ist sehr verbittert und sehr einsam.«

»Das weiß ich«, sagte Anastasia.

Sie blickte Miss Kilbride in die Augen.

»Ich möchte so gerne bleiben«, sagte sie. »Ich möchte nicht wieder fort. Ich kann den Gedanken, wieder fortzugehen, nicht ertragen.«

»Warum solltest du auch fortgehen? Es ist dein Zuhause.«

»Ich habe das Gefühl, nicht willkommen zu sein. Manchmal denke ich, daß sie vielleicht doch froh ist, mich dazuhaben – aber meistens weiß ich, daß sie's nicht ist.«

»Was immer sie sagt, sie liebt dich. Es liegt nur daran, daß du sie an die Vergangenheit erinnerst, das macht sie vielleicht mitunter barsch.«

Anastasia nickte wenig überzeugt. Nach ein paar Minuten machte sie Anstalten zu gehen.

Miss Kilbride sagte eindringlich: »Bitte, komm bald wieder. Sehr bald. Ich muß dich um einen Gefallen bitten. Es ist mir sehr wichtig. Ich möchte heute nicht darüber sprechen, aber sehr bald.«

Sie begleitete Anastasia zur Tür. Dort blieb sie stehen, sah ihr nach, schaute zum Himmel auf und lächelte ihr verzagtes, nervöses Lächeln. Sie preßte den Kragen an den Hals, ein alte, unnütze Gebärde. Die schwarzen Haare ihrer Perücke lagen fest an und regten sich nicht in der Brise und wehten nicht einmal, als sie in einer letzten Abschiedsgeste den Kopf hochwarf, während Anastasia winkend und lächelnd um die Ecke bog.

Eine Woche später wurde Miss Kilbride krank. Die Großmutter sprach beim Frühstück davon. Draußen schien keine Sonne, alles lag unter einem kalten Grau, einem scharfen, eisigen Wind und einem niedrigen, düsteren Himmel. Anastasia dachte an das Kaminfeuer in ihrem Zimmer und an die Wärme, die es verbreitete, und sehnte sich danach, wieder hinaufzugehen. Als ihre Großmutter sie ansprach, blickte sie erschrocken auf. Der Gedanke, daß sie ihren Besuch abrupt abbrechen müsse, vielleicht an einem Morgen wie diesem, verließ sie nie.

Mrs. King sagte: »Norah hat sich nach dir erkundigt. Du solltest hinübergehen und sie besuchen, wenn du kannst. Sie scheint sehr darauf erpicht, dich zu sehen.«

»Ist es etwas Ernstes?«

»Ach, ich weiß nicht. Jedenfalls scheint sie nicht gesund zu werden.«

Katharine kam herein. Sie hatte sich dicke Wollsachen übergezogen, sah aber nicht aus, als sei ihr warm. Sie hob den Deckel der Teekanne und goß heißes Wasser ein.

»Das arme Ding«, sagte sie mit einer lauten, kräftigen Stimme, die jedes Echo des gleichmütigen Tonfalls der Großmutter übertönte. »Die Kräftigste war sie nie.«

»Ich gehe sie heute besuchen«, sagte Anastasia widerwillig. »Ein Spaziergang wird mir guttun.«

Mitten am Nachmittag brach sie auf und ging zu Miss Kilbrides Haus, ein Fußweg von einer halben Stunde. Nach den ersten paar Minuten hob sich ihre Stimmung, und beschwingten Schrittes eilte sie durch die Straßen. Sie gab sich irgendeiner Träumerei hin und vergaß sich, bis sie endlich am Tor des Hauses ankam.

Miss Kilbride lag, auf die Kissen gestützt, im Bett. Sie strich das Laken auf ihrer Brust glatt und streckte freundlich lächelnd die Hand aus.

»Du bist willkommen wie die Blumen im Frühling«, sagte sie. »Doppelt so willkommen.«

Anastasia stelllte ihre Handtasche ab. Sie ergriff die schmale Hand, fühlte die lose Haut und darunter die weiche, schmächtige Kälte des Fleisches. Sie schämte sich, daß sie einen solchen Widerwillen gegen diesen Besuch empfunden hatte.

»Wic geht es Ihnen?« erkundigte sie sich herzlich. »Sie sehen wirklich gut aus.«

Verlegen stellte sie sich ans Fenster und blickte hinaus. Das Haus stand anderen Wohnhäusern gleicher Bauart gegenüber, großen grauen Häusern mit poliertem Messing an den Türen und viereckigen, dunklen Vorgärten, die unverhältnismäßig klein aussahen.

»Hier gibt's keinen schönen, großen Park, auf den man hinunterschauen könnte«, sagte Miss Kilbride, und als Anastasia sich wieder dem Zimmer zuwandte, sah sie, daß sie eine Zigarette angezündet hatte und auf ihre sprunghafte Art heftig daran zog. Sie schien es unschicklich zu finden, im Bett zu rauchen. Sie befanden sich in einem gefälligen, eleganten Zimmer. Die alten Vorhänge hatten schmucke Troddeln, und die verblichene, mit einem Zweigmuster bedruckte Tapete wies am Rand, gleich unterhalb der Decke, einen umlaufenden Zierstreifen mit spröden Schäferinnen auf. Eine Reihe Porzellanfiguren stand auf dem Kaminsims: Porzellanhunde, -pferde und -hühner. Anastasia ließ den Blick darauf ruhen. Miss Kilbride hatte sie beobachtet.

»Meine Mutter mochte Porzellanfiguren, und ich habe sie nie weggestellt. Ich muß wohl selber Gefallen daran gefunden haben, wo ich sie so viele Jahre lang angeschaut habe. So geht's nun mal. Sie mußte lange Zeit das Bett hüten, bevor sie starb (dreißig Jahre lang, weißt du), aber sie wollte sichergehen, daß die Dinge so waren, wie sie sie wollte. Oft erkundigte sie sich nach den Gegenständen unten, ach, nach verschiedenen Gegenständen. Sitzt meine weiße Katze noch auf dem Büchergestell? fragte sie dann etwa. Und dann hatte sie zwei große Porzellanhunde, die im Wohnzimmer standen, zu beiden Seiten des Kamins. Nach denen hat sie sich oft erkundigt. Es waren ihre Hochzeitsgeschenke gewesen. In allen Haushaltsangelegenheiten war sie sehr heikel. Nach ihrem Tod habe ich nichts verändert. Ich habe es nie übers Herz gebracht.«

»Dann müssen Sie sich furchtbar einsam gefühlt haben.«

Sie hatte Angst, etwas Verkehrtes zu sagen.

»Ja. Damals war ich so allein wie du jetzt.«

»Da haben Sie wohl recht.«

In der Gewißheit kommender Langeweile verließ Anastasia der Mut. In einem Anflug von schlechter Laune steckte sie sich eine Zigarette an und setzte sich an den Kamin.

»Oh, greif nur zu«, sagte Miss Kilbride. »Sie liegen auf dem Tisch neben dir.«

Langsam schloß sie die Augen. Die Lider senkten sich über ihren scharfen, unruhigen Blick, und Anastasia dachte, daß das Zimmer plötzlich von Stille erfüllt war, denn wenn sie die Augen so wie jetzt geschlossen hatte, verlor ihr Gesicht alle Neugier, alles Staunen und wurde nur noch traurig, der Mund schlaff und unerwartet klein, die Stirn müde und umwölkt. Die stumpfe schwarze Perücke, die sie aufgesetzt hatte, bedeckte die oberste Furche ihrer Stirn und brach in das schweigende Gesicht ein, so daß aller Friede aus ihm wich. Sie schlief nicht. Kurz darauf schlug sie die Augen auf und griff nach einer weiteren Zigarette.

»Die schaden mir«, sagte sie vergnügt. »Man nennt sie Sargnägel.«

Es hatte den Anschein, als habe sich um die beiden eine weite Fläche aus Worten und Schweigen gebreitet, durch die sie sich einen Weg bahnen mußten, um etwas zu finden, was sie einander sagen konnten.

»Weißt du, Anastasia«, sagte sie, »deine Mutter war vielleicht meine beste Freundin, trotz des großen Altersunterschiedes. Das heißt, sofern sie überhaupt eine Freundin hatte. Ich nehme an, ich war der erste Mensch, dem sie begegnete, nachdem dein Vater sie geheiratet und mit nach Hause gebracht hatte.«

Sie seufzte und warf Anastasia einen Blick zu.

»Weißt du, ich habe oft gedacht, wie schade es war, daß dein Vater deine Großmutter von seinen Heiratsabsichten nicht in Kenntnis gesetzt hat. Es war ein großer Schock für sie. Ich kann mich an den Nachmittag noch gut erinnern. Ich war zu Besuch da. Wir sprachen gerade von ihm. Sie erwartete ihn von einer Ferienreise zurück. (Ich weiß, du hast das alles schon gehört.) Plötzlich kam er hereinspaziert und hatte deine Mutter bei sich. Sie war erst neunzehn und sehr schüchtern. Deiner Großmutter war sie nicht gewachsen, so viel weiß ich.«

»Er war viel älter«, sagte Anastasia schwach.

»Ja. Damals war er schon fast vierzig.«

»Sie haben ein trauriges Leben zusammen gehabt.«

»Ja.«

Anastasia sah verzweifelt aus dem Fenster. Ein einziger Efeuzweig ragte steif gegen die Fensterscheibe. Er schien ans Glas zu klopfen, aber man hörte nichts. Er gehorchte dem Wind und wippte blindlings in der Luft, und falls er gegen die Scheibe anflüsterte, verlor sich auch dieser Laut irgendwo dort draußen.

Sie sagte: »Ich weiß nicht, was ich sonst hätte tun sollen, als ihr zu folgen. Eines Morgens, als ich gerade zur Schule gehen wollte, bekam ich einen Brief von ihr. Es war ein furchtbarer, ein unzusammenhängender Brief. Ich hatte Angst, daß sie mich nicht gehen lassen würden, da bin ich ausgerissen.«

»Ich weiß es noch wie damals. Dein Vater ist dir nachgereist.«

Miss Kilbride lehnte sich im Bett zurück, ihr Mund klappte zu, und ihre Augen klappten zu, und mit einem Seufzer schien sie beinahe zu verwelken.

Plötzlich sagte sie: »Ach, ich bin sehr müde.«

Anastasia sah sie beunruhigt an.

»Sie sollten heute nicht mehr sprechen. Es strengt Sie zu sehr an. Ich komme bald wieder, dann können wir weiterreden. Morgen, wenn Sie mögen.«

»Nein, nein, nein, ich muß jetzt mit dir reden. Du darfst nicht gehen. Alles mögliche könnte geschehen. Vielleicht kommst du nicht mehr. Vielleicht bin ich nicht mehr hier. Ich mache es nicht mehr lange. Da brauchst du gar nicht den Kopf zu schütteln. Ich weiß, in welchem Zustand ich mich befinde.«

Sie lächelte nervös und warf Anastasia einen Blick zu.

»Um die Wahrheit zu sagen, ich wollte dich um einen Gefallen bitten«, sagte sie mit verhaltener Stimme.

»Aber natürlich. Worum geht es?«

»Es ist so schwer, darüber zu reden. Ich habe meine Gründe dafür. Es fällt mir sehr schwer. Es ist eine Sache, über die sich nicht leicht reden läßt. Es ist eine jener Angelegenheiten, die man wegschließt, in seinem Kopf oder in seinem Herzen, und immer wieder hin und her bewegt, und wenn man sie ausspricht, ist es mühsam und peinlich, und die Worte klingen töricht. Nichts klingt so, wie es wirklich ist. Wirst du Geduld mit mir haben, während ich dir eine Geschichte erzähle?«

»Selbstverständlich. Das ist überhaupt keine Frage der Geduld. Ich bin ganz Ohr.«

»Nun, du weißt, daß meine arme Mutter seit meinem siebzehnten Lebensjahr bettlägerig war. Ich will dir von der Zeit erzählen, als ich achtundzwanzig Jahre alt war. Bevor ich beginne, muß ich dir aber sagen, daß sie stets sehr gütig zu mir war. Sie hat mich sehr geliebt. Aber wie es vielen Müttern ergeht, war sie eifersüchtig auf mich.

Als ich achtundzwanzig war, lernte ich durch Zufall einen Mann namens Frank Briscoe kennen. Es ist gleichgültig, wie, es war reiner Zufall. Er war ein Jahr jünger als ich. Architekt. Wir haben uns ineinander verliebt und wollten heiraten. Als ich meiner Mutter davon erzählte, war sie sehr aufgebracht. Sie weigerte sich sogar, ihn zu treffen.

Ich habe das Falsche getan. Ich habe mich einige Male heimlich mit ihm getroffen, bevor ich ihr von ihm erzählt habe. Als sie erfuhr, daß ich sie hintergangen hatte, hat sie das gegen ihn eingenommen.

Für mich brach eine sehr traurige Zeit an. Ich erinnere mich noch genau. Du kannst es dir vorstellen, Anastasia. Jedesmal, wenn ich seinen Namen erwähnte, bekam sie einen fürchterlichen Wutanfall. Sie drohte, das Dienstmädchen fortzuschikken und allein hier zu sterben, wenn ich sie verließe. Und noch viel mehr. Es hat keinen Sinn, auf Einzelheiten einzugehen. Schließlich war ich alles, was sie hatte.

Nun ja, allmählich glätteten sich die Wogen wieder, wie sie es auf lange Sicht immer tun, und er besuchte mich regelmäßig, einmal in der Woche. An Dienstagabenden. Natürlich waren wir unten ganz allein. Er kam um sieben und ging um halb elf. Für diese Abende habe ich gelebt.«

Für diese Abende habe ich gelebt, dachte Anastasia. Ich wußte, daß sie das sagen würde. Für diese Abende habe ich gelebt. Es ist jämmerlich. Wir sind alle gleich, und doch gehen wir wieder und wieder unser kleines bißchen Leben durch, sehen uns in die Augen und reden ernsthaft miteinander.

Sie hörte ernsthaft zu.

»Wenn er sich an diesen Abenden verabschiedet hatte, ging ich hinauf und gab meiner Mutter einen Gutenachtkuß, und dann blickte sie von ihrem Buch auf und lächelte mich an und hob den Kopf, damit ich ihr das Kissen unterschieben konnte, und ich löste ihr das Haar und bürstete es für die Nacht. Sie erriet nie, daß zwischen uns etwas war.

Wie soll ich es sagen? Ihm war ich keine Frau und ihr keine Tochter. Ich war überhaupt nichts, nur ein törichtes Geschöpf, das zwischen ihnen hin und her pendelte. Ich konnte es selbst nicht fassen, ganz gleich was ich tat. Ich liebte ihn von ganzem Herzen. Es schien nichts Besonderes, mich zu ihm zu legen, als er es wollte. Und ich wollte es ja selbst, auch wenn ich mich schämen sollte, es zuzugeben.

Ich war immer froh darüber. Ich habe es nie bereut. Ich habe es nie gebeichtet. Es hat mich davor bewahrt, eine alte Jungfer zu werden. Ich bin keine alte Jungfer.«

Sie betrachtete Anastasia mit erschrockener Siegesfreude.

»Sie sind ein Engel«, sagte Anastasia ratlos.

»Der Engel war er. Das alles hat ihn so durcheinandergebracht. Und er liebte mich, o ja. Wie oft hat er geschworen, nie mehr wiederzukommen, so wie die Dinge standen, aber stets ist er zu mir zurückgekehrt. Gott sei's gedankt. Zwei Jahre ging das so fort. Ich sah ihn jede Woche. Manchmal auch an Sonntagen, nachmittags. Aber nicht oft. Mutter zog es vor, wenn ich an Sonntagen hierblieb, weil wir oft Besuch hatten.«

Sie hielt inne, und ihr Mund verzog sich in bitterem Bedauern.

Sie sagte: »Ich dachte immer, wir hätten mehr Zeit als sie. Und gab ihr nach. Mehr als das. Ich wußte, daß es ihr Freude machte, und so blieb ich.«

In Gedanken nahm sie trübsinnig das Ende ihrer Geschichte vorweg.

Mit siecher Stimme sagte sie: »Gott steh mir bei, dann ertrank er. Er machte einen Kurzurlaub in Killiney, und es passierte eine Art Unglück. Ich habe es von einem seiner Freunde gehört, einem Fremden, der mir einen Brief schrieb, und da lag er schon zehn Tage unter der Erde. Meine Mutter war sehr gütig zu mir. Sehr verständnisvoll. Ich ging immer nach unten zu dem alten Sofa, auf dem wir zusammen gesessen hatten, vergrub viele Male mein Gesicht im Kissen und weinte mir die Augen aus.

Dann hörte ich die Stimme meiner Mutter, die mich zu sich nach oben rief. Ich kann noch immer ihre Stimme hören, viel deutlicher als seine. Und ihr Gesicht steht deutlicher vor mir als seines. Das ist sein Bild.«

Sie zeigte Anastasia ein geisterhaft braunes Foto.

»Er war sehr gutaussehend und gebildet. Als wir uns kennenlernten, haben wir viel gelacht. Wir dachten, es würde nur ein Weilchen dauern, bis Mutter nachgeben würde. Aber dann zog sich die Sache in die Länge. Dann konnte er sehr böse werden. Manchmal kam er schon in gereizter Stimmung hier an. Ich glaube, er hat oft gehofft, daß sie sterben möge, Gott möge uns vergeben. Aber sie hat ihn viele Jahre überlebt. Ach ja, wie das Leben so spielt.«

»Es muß schrecklich für Sie gewesen sein.«

»Es war schwer. Ich habe es nie verwunden.«

Sie schwiegen eine Weile. Dann sagte Miss Kilbride: »Ich möchte, daß du mir etwas versprichst.«

Sie holte tief Luft und fuhr fort. Die Worte fielen ihr leicht, so als erkenne sie sie wieder. Sie erkannte sie wieder. Friedvoll lag sie da und sah sich dabei zu, wie sie sie endlich aussprach.

»Ich habe einen Ring, den er mir geschenkt hat, einen Ehering. Wenn ich sterbe, und ich werde bald sterben, möchte ich, daß du ihn an meinen Ringfinger steckst und dafür sorgst, daß ich zusammen mit ihm beerdigt werde. Wirst du das für mich tun, Anastasia? Es bedeutet mir mehr als die Letzte Ölung, Gott möge mir vergeben.«

Anastasia trat an die Bettkante. Ihr standen Tränen in den Augen.

»Natürlich. Das wissen Sie doch. Aber darum müssen wir uns jetzt noch keine Gedanken machen. Denken Sie noch nicht daran. An so etwas dürfen Sie noch nicht denken.«

Miss Kilbride schien sie kaum zu hören.

»Ich muß darüber nachdenken. Ich möchte nicht den Priester darum bitten. Dann gäbe es Fragen, und außerdem paßt das nicht ganz. Ich kann nur dich darum bitten. Ich würde mich freuen, wenn es niemandem außer dir auffiele. Vielleicht könntest du irgendwie den Rosenkranz darumwickeln.«

»Ja, das werde ich tun. Aber würden Sie sich nicht sicherer fühlen, wenn Sie den Ring dabehielten und sich selbst ansteckten?«

»Anastasia, wir haben ohnehin schon so viel von unserer Würde verloren. Wenn ich mir den Ring heimlich selber anstecken müßte, wäre das der Tropfen, der das Faß zum Überlaufen bringt. Als er noch am Leben war, wollte ich den Ring nicht tragen. Ich hatte doch gehofft, ihn eines Tages richtig tragen zu können. Und als er tot war, habe ich ihn an einer Halskette befestigt.

Aber mehr als alles andere in der Welt will ich ihn in meinem Sarg tragen. Ich will nichts anderes mehr. Um mehr bitte ich nicht, nur darum, seinen Ring tragen zu dürfen. Also, wirst du ihn mir anstecken, dabei ein Gebet für uns beide sprechen und ihn mit dem Rosenkranz verdecken? Versprichst du mir das, Anastasia?«

»Ich verspreche es.«

»Meine Hand wird sehr kalt sein, aber du brauchst keine Angst zu haben. Gott segne dich, du bist ein liebes Kind.«

Unter ihrem Laken holte sie ein winziges, in Seidenpapier eingewickeltes Kästchen hervor. Anastasia begriff und ließ es sich in die Hand legen. Miss Kilbride lehnte sich voller Genugtuung zurück und heftete den Blick dirckt auf Anastasia.

»Nun haben wir uns aber den Mund fusselig geredet.«

Sie lachte verlegen.

»Möchtest du noch eine Zigarette?«

»Nein, danke. Ich gehe jetzt lieber. Ich glaube, Sie brauchen Ruhe.«

»Vielleicht hast du recht. Ich bin sehr müde. Wirst du bald wiederkommen?«

»Ich komme bald. Ich komme schon sehr bald.«

»Kannst du mir helfen, das Schultertuch abzulegen? Ich möchte ein wenig schlafen.«

Anastasia nahm das weiche Tuch und legte es auf einen Stuhl neben dem Bett. Miss Kilbride betrachtete sie mit wehmütigen, liebevollen Blicken.

»Ich frage mich, was die anderen von ihm dachten, die, die ich kannte. Es ist unerheblich, aber ich habe oft gedacht, daß sie vielleicht über ihn und seine wöchentlichen Besuche gelacht haben. Und danach hatte ich eine Krankheit, und die Haare gingen mir aus. Jetzt sehe ich aus wie eine Vogelscheuche, aber es heißt, im Himmel sind wir alle dreiunddreißig, ganz gleich, welches Alter wir hier auf Erden erreichen. Glaubst du daran?«

»Ja, da bin ich mir sicher.«

Miss Kilbride setzte zu einem Lächeln an – und schlief statt dessen ein.

Anastasia hob ihre Handtasche auf. Sie legte das winzige Kästchen hinein und ging auf leisen Sohlen nach unten. An der Tür zum Wohnzimmer blieb sie stehen und sah hinein. Da stand das harte, kleine Sofa, ein unwahrscheinlicher Ort für Liebesstunden. Da waren die beiden Porzellanhunde, die mit schiefem Blick den Kamin bewachten. Und über dem Kamin das Bildnis der Mutter, die weiten blauen Augen, der breite, geschlossene Mund.

Sie ging den Gartenweg entlang. Am Tor drehte sie sich um und sah zu Miss Kilbrides Fenster auf. Es war blind und verschlossen, wie ein schlafender Mensch. Wie Miss Kilbride, die in unruhigem Schlummer auf dem Rücken lag. Und später aufwachte, um von einem zweifelhaften Ehebund zu träumen, einer Vereinigung im Tode mit ihrem längst verflossenen jungen Helden, mit dem sie sich einst in mutiger, gutgekleideter Schamlosigkeit auf einem kleinen Sofa gequält hatte, um der Liebe willen.

Nach dem Abendbrot fragte Anastasia ihre Großmutter danach aus.

Sie sagte: »Ich war heute bei Miss Kilbride zu Besuch.«

»Gott steh ihr bei, ich fürchte, sie wird nicht mehr genesen. Ach, sie wird wohl nicht mehr sehr lange unter uns weilen.«

Anastasia nahm ein Stück Brot und legte es auf ihren Teller.

»Sie hat mir von einem jungen Mann erzählt, in den sie einmal verliebt war. Hast du ihn gekannt?«

Die Großmutter sah sie mit hämischer Belustigung an.

»Hat sie wieder von dem angefangen? Nein, ich habe ihn nicht gekannt. Es war eine große Liebesaffäre, aber einige von uns haben sich gefragt, ob es wirklich so viel damit auf sich hatte wie sie sich einbildete. Was hat sie dir über ihn erzählt?«

»Ach, nicht viel. Sie sagte, er sei ertrunken.«

»Ich glaube, das stimmt. Es hat sie sehr mitgenommen.«

Sie starrte die Spiegeleier auf ihrem Teller an und stocherte darin herum.

»Dieses Jahr gibt es viele Eier, sagt Katharine, und der Goldregen wird gut gedeihen. Bisher ist es ja mild gewesen. Wenn es so weitergeht, brauchen wir das Kaminfeuer bald nicht mehr.«

Katharine kam mit der Marmelade hereinmarschiert.

Sie sagte: »Im Garten hinten gibt's ein paar Schneeglöckchen. Ich werde sie rechtzeitig pflücken, damit Sie sie morgen mitnehmen können.«

Sie alle wußten, was damit gemeint war. Jeden Nachmittag suchte Mrs. King das Grab ihres Sohnes auf.

Jetzt sagte sie mit nachdenklicher Stimme: »Ich habe angeordnet, daß mein Name auf seinem Grabstein eingemeißelt wird. Auf Johns Stein. Ich möchte, daß es genau so gemacht wird, wie ich es will. Ich will nicht, daß irgend etwas falsch gemacht wird.«

Katharine ging nicht aus dem Zimmer. Sie begann, einen Laib Brot aufzuschneiden, Scheibe um Scheibe, sehr bedächtig. Geräuschlos schnitt sie drauflos und hielt das pappige Brot mit zartem Griff zwischen den Fingern.

Anastasia sagte: »Wir sollten dafür sorgen, daß auch der Name meiner Mutter darauf eingemeißelt wird. Ich möchte sie nach Hause überführen lassen. Ich weiß, wie sie es haben wollte. Sie hat es mir aufgeschrieben. Der Zettel steckt in meinem Meßbuch.«

Ihre Stimme klang erstaunt und atemlos, so als habe sie gar nicht vorgehabt zu sprechen. Sie fing an zu lächeln, um die Sätze natürlich und unverfänglich klingen zu lassen, doch ihre Lippen waren trocken.

Die Großmutter sagte freundlich: »Du denkst doch wohl nicht im Ernst daran, Anastasia? Das kommt gar nicht in Frage, die ganze weite Strecke von Paris. Wer hat dir denn das eingeredet?« Sie nahm ein schmales Stück Brot und stippte es in das Eigelb auf ihrem Teller.

Anastasia sagte stockend: »Sie hat sich darauf verlassen. Ich habe ihr versprochen, es so bald wie möglich zu veranlassen. Ich weiß nicht, warum ich es nicht schon vorher erwähnt habe. Es würde nicht so teuer kommen. Sie wollte mit meinem Vater vereint sein.«

»Warum, liebes Kind, ist sie dann nicht hiergeblieben?«

»Sie wollte nur für eine kleine Weile fort. Und dann hatte sie Angst davor, zurückzukommen. Die ganze Zeit, als wir weg waren, hat sie gesagt: Vielleicht gehen wir nächstes Jahr zurück. Sie wollte wirklich kommen.«

»Anastasia, ich will von den Toten nicht schlecht reden, am allerwenigsten von deiner Mutter, aber sie war nie in der Lage, einen Entschluß zu fassen. Der Gedanke, sie die ganze weite Strecke hierher überführen zu lassen, ist kindisch und albern. Ein Leichnam ist schließlich nur ein Leichnam, und sie hat ein katholisches Grab, hoffe ich doch ...«

Zu ihrem Erstaunen saß Anastasia noch immer auf ihrem Sitzplatz am Tisch. Katharine hatte den Brotlaib aufgeschnitten, und jetzt knetete sie ihn mit beiden Händen, um ihm seine Form wiederzugeben. Mit entsetzten, tränenfeuchten Augen starrte sie Anastasia an. Anastasia wandte den Blick von ihr und musterte ihre Großmutter, die zu essen vorgab. Sie sah, wie sich das elende Tor ihrer Niederlage bereits vor ihr auftat. Es blieb ihr nur noch, darauf zuzulaufen, darunter hindurchzugehen und es hinter sich zu bringen. Es hinter sich zu bringen, dachte sie, es hinter sich zu bringen. Sie näherte sich dem teilnahmslosen Blick ihrer Großmutter mit ängstlich flehender, dünner Stimme und ohne jeden Kampfgeist.

»Ach, Grandma, erinnerst du dich denn nicht mehr an sie? Erinnerst du dich denn gar nicht mehr an sie? Sag das doch nicht. Erinnerst du dich nicht daran, wie sie noch mit uns zusammenwohnte? Katharine, sag du doch ...«

Die Worte blieben ihr im Hals stecken, und die Tränen liefen ihr übers Gesicht. Sie ging um den Tisch herum und nahm die Hand ihrer Großmutter.

»Sei lieb, Grandma, laß sie nicht dort allein. Es würde nicht viel kosten. Bitte, sie ist doch nicht einfach nur ein Leichnam.«

Zu ihrem Kummer schluchzte sie laut auf. Sie sah, daß Katharine sie mitleidig anschaute. Ihre Hand fühlte sich feucht an, und sie entzog sie ihrer Großmutter. Sie dachte, wie unangenehm sie sich für sie anfühlen mußte.

»Du bist hysterisch, Anastasia, und du kränkst mich. Es tut mir leid, wenn du enttäuscht bist, aber es kommt nicht in Frage. Es kann keine Rede davon sein, den Leichnam deiner Mutter zu überführen, und es ist auch nie die Rede davon gewesen. Und du weißt ganz genau, daß es keine Frage des Geldes ist. Ich bezweifle sehr, daß dein Vater es gewollt hätte. Jetzt setz dich bitte hin und iß dein Abendbrot auf.«

Anastasia lehnte sich gegen den Stuhl und sagte zu ihrer Großmutter: »Du hast sie noch nie leiden können, und du hast sie es spüren lassen. Du versuchst noch immer, sie es spüren zu lassen. Aber nun kannst du es nicht mehr. Ich werde sie allein nach Hause bringen.«

»Das ist doch lächerlich, dieser Streit um ein Grab.« Sie warf Katharine einen nervösen Blick zu. »Ich bin seine Mutter, und mein Platz ist bei ihm. Sein Platz ist bei mir. Gott weiß, daß ich ihn mehr als jede andere geliebt habe, mein einziges Kind. Er hätte niemals heiraten dürfen, das hat er selbst gemerkt, zu seinem Leidwesen.«

Katharine bekreuzigte sich.

»Gott möge dir vergeben«, rief Anastasia. »Wie kannst du so etwas nur sagen? Ich werde sie nach Hause bringen und hier begraben, einerlei, was du sagst.«

Die Großmutter warf ihr einen kalten, mitleidigen Blick zu.

»Du erregst dich zu sehr, Kind. Das bekommt dir nicht. Im Grab gibt es nur noch Platz für eine weitere Person, und auf dem Grabstein wird mein Name stehen. Warum hörst du jetzt nicht endlich mit dem Unfug auf? Katharine, bring sie nach oben und gib ihr heiße Milch.«

Mit einem lauten Schrei sprang Anastasia auf. Katharine eilte um den Tisch, um ihr zu helfen, aber sie stand schon in der Tür.

»Und mich kannst du auch nicht leiden! Ich wußte es nicht. Ehrlich, ich wußte es nicht. Früher habe ich es nie gemerkt, aber jetzt ja. Jetzt merke ich es. Warum hast du mich nach Hause kommen lassen? Wer wird mir jetzt nur beistehen?«

Stöhnend lehnte sie sich gegen die Wand.

»Heilige Muttergottes«, sagte Katharine voller Angst. »Sie bricht uns noch zusammen.«

Mrs. King war in einen Traum versunken und betete für ihren Sohn. Sie hielt den Kopf gesenkt und küßte eifrig jede Perle ihres Rosenkranzes, während sie betete. Katharine ging zu Anastasia und legte den Arm um sie, doch diese entzog sich, ging durch die Vorhalle, öffnete die Haustür und trat hinaus ins Freie. Sie ging die Treppe hinunter auf den Gartenweg und in unbestimmter Richtung davon.

»Um Himmels willen, Kind, wo willst du denn ohne Mantel hin?« rief Katharine beunruhigt. Sie stand auf der obersten

Stufe und hatte ihre Strickjacke gegen die Kälte fest um sich gewickelt.

Als Anastasia mit gleichmäßigen Schritten zur Straßenecke gelangte, fielen ihr Katharines Worte wieder ein. Sie dachte, ich weiß, wohin ich will, ich weiß, wohin ich will. Sie dachte: Ach, mein sanftmütiger Vater. Aber es war ihre Mutter, die neben ihr ging. Weil wir diesen Weg so viele Male gegangen sind, dachte sie, deswegen kann ich mich erinnern. Sie sah ihren Vater in seinem Sarg. Er hatte die Augen vor ihnen allen geschlossen. Wie sterben Menschen, dachte sie, wie lassen sie das Leben los, wie werden sie zu kleinen, klammernden Säuglingen, deren unverwandte Blicke alle Fragen aufwerfen?

Sie kam zur Kirche und eilte hinein, aber es waren ziemlich viele Leute da. Es ist Beichte, dachte sie in ihrer Eile, ging zum nächsten Beichtstuhl und blieb bestürzt vor der Schlange von Menschen stehen, die kniend, mit gesenkten Köpfen, warteten. Zitternd kniete sie nieder, und die Frau neben ihr wandte sich um und starrte sie an. Sie beugte sich zu ihr.

»Haben Sie einen Schreck bekommen, meine Liebe?« fragte sie besorgt. »Sie sehen etwas mitgenommen aus. Kann ich etwas für Sie tun?«

»Ich muß zur Beichte«, sagte Anastasia laut. »Ich habe es eilig.«

Einige hoben den Kopf und drehten sich um, die Gesichter vom Gebet ausdruckslos. Erstaunt runzelte die Frau die Stirn. Sie trug ein Kopftuch.

»Sie müssen sich gedulden, meine Liebe«, sagte sie. »Es wird nicht lange dauern. Sprechen Sie ein Gebet. Bereiten Sie sich innerlich vor.«

»Ich bekenne vor Gott, dem Allmächtigen«, sagte Anastasia in panischer Angst.

Sie versuchte, sich auf die Worte zu besinnen, die man zum Priester sagte.

»Segnen Sie mich, hochwürdiger Vater, denn ich habe gesündigt. Meine letzte Beichte ist schon lange her.«

Wie lange? Wie oft? Mit wem?

In ihrer Nervosität stand sie auf und ging das Seitenschiff entlang zum vorderen Teil der Kirche, vorbei an den blassen, geistesabwesenden Gesichtern. Einige sahen sie an, als sie vorüberging, andere blieben reglos knien. Die Menschen im Seitenschiff schritten leise betend den Kreuzweg ab. Als sie vorüberging, beugte eine Frau plötzlich das Knie und verstellte ihr einen Moment den Weg. Schwerfällig richtete sie sich wieder auf, warf Anastasia einen nachdenklichen Blick zu und bewegte weiter die Lippen im Gebet.

Sie sagte: »Sie haben keinen Hut auf.«

»Was?«

»Sind Sie überhaupt Katholikin?«

»Bin ich.«

»Was tun Sie hier ohne Hut? Wie können Sie es wagen, die Kirche ohne Hut zu betreten? Das Haus des Herrn zu entweihen? Gehen Sie nach Hause und holen Sie Ihren Hut.«

»Lassen Sie mich zufrieden, ja?«

»Gehören Sie überhaupt der Gemeinde an? Wie heißen Sie?«

»Ich weiß nicht.«

»Mädchen, du bist betrunken.«

»Ja.«

Sie ging weiter, bis sie zum Schrein Unserer Lieben Frau kam, wo sie niederkniete, um eine Kerze zu entzünden. Sie hatte kein Geld. Sie dachte: Ich muß es dir schuldig bleiben, und lächelte flehend zu dem Antlitz des Standbilds auf. Das blasse, abgewandte Antlitz, lieblich und unbewegt, ging ihr nahe.

Ich habe eine Kerze für dich angesteckt, John, sprach die Stimme ihrer Mutter seufzend. Ach, Mammy, Mammy, wimmerte sie untröstlich und vergrub das starre, tränenverschmierte Gesicht in den Händen.

Sie spürte, wie ihr jemand auf die Schulter klopfte, und als sie sich umdrehte, sah sie, daß die Frau vom Kreuzweg wieder da war. Bei ihr stand eine junge Nonne mit unschuldigem, besorgtem Gesicht.

»Das ist sie, Schwester«, sagte die Frau. »Sie hat getrunken, und so jemand sollte nicht in der Kirche sein.«

»Stimmt das?« fragte die junge Nonne flüsternd.

»O ja, ja, ja«, antwortete Anastasia.

»Ja, Schwester«, bekräftigte die Frau.

»Ich glaube, Sie sollten lieber gehen und wiederkommen, wenn Sie sich in einem besseren Zustand befinden«, sagte die Nonne zögernd. »Möchten Sie ins Pfarrhaus kommen und sich ausruhen?«

»Nein.«

Mit beunruhigter Miene kam die Frau vom Beichtstuhl herbei.

»Sie wollte zur Beichte gehen«, erklärte sie der Nonne. »Sie hat's mir gesagt, Schwester. Kommen Sie, meine Liebe. Die Schlange ist nicht mehr so lang.«

»Sie ist nicht würdig, sich in der Kirche aufzuhalten«, sagte die Frau vom Kreuzweg. »Sie hat getrunken.«

»Ach, lassen Sie sie doch«, sagte die andere Frau. »Sie wollte den Priester sprechen.«

»Nein. Jetzt nicht mehr«, entgegnete Anastasia.

Sie wandte sich zu dem Standbild.

»Ich möchte hierbleiben«, sagte sie.

»Kommen Sie mit«, sagte die junge Nonne.

Langsam gingen sie zum hinteren Teil der Kirche. Am Ausgang blieben sie stehen.

»Richten Sie ein Gebet an unsere gute Mutter und bitten Sie sie um Beistand«, sagte die junge Nonne. »Haben Sie einen Fehltritt begangen, mein Kind?«

»Wie können Sie mich so aus der Kirche werfen?« fragte Anastasia mit dünner Stimme.

»Weil Sie nicht würdig sind, hier zu sein. Wenn Sie in angemessener Verfassung sind, dürfen Sie wiederkommen«, sagte die Nonne sanft und vorwurfsvoll.

Langsam, ohne zu denken, ging Anastasia nach Hause.

Als sie vor der Haustür ankam, fiel ihr endlich wieder ein, was sie zu der Nonne hätte sagen sollen. Sie hätte sagen sollen: Wer sind Sie überhaupt, daß Sie bestimmen können, ob ich hier sein darf oder nicht? Aber da war es schon zu spät.

Sie setzte sich auf die Bettkante. Sie hatte die Augen weit aufgerissen und fühlte sich ruhig. Sie erschauerte vor Kälte und gähnte. Mit dem Gesicht ließ sie sich auf das weiche Kopfkissen sinken. Jetzt fiel der Abend von ihr ab, und sie betrachtete ihn voller Verzweiflung. Was für ein Theater. Ihre Gedanken zerflossen in lebhafter Ungeduld, und sie bohrte das Gesicht ins Kissen.

Unten ging knarrend die Tür ihrer Großmutter auf. Sie setzte sich auf und lauschte. Auf der Treppe waren ihre langsamen Schritte zu hören. Sie kam herauf. Ihren Worten war nicht mehr zu entrinnen. Die Tür öffnete sich, und sie stand da. Sie musterten einander schweigend, ohne Bosheit und ohne Liebe.

»Ich wollte ein Gebet mit dir sprechen, Anastasia«, sagte sie in lautem, vertraulichem Flüsterton. In schmerzender Hast kniete sie neben dem Bett nieder und kauerte sich über ihren Rosenkranz. »Wir werden einen Rosenkranz für sie beten, ja? Für alle beide. Und dann werden wir uns schlafen legen und die ganze Angelegenheit vergessen. Knie dich her neben mich und sprich die Antworten, sei so gut.«

Sie schloß die Augen und fing in vertrautem galoppierendem Singsang zu beten an, die gewaltigen, nie enden wollenden Gebete für die Toten. Anastasia antwortete, zunächst nervös, dann mechanisch.

Hinterher streckte sie sich zwischen den kühlen Laken ihres Bettes aus, vergoß pflichtschuldig einen Augenblick lang Tränen der Mutlosigkeit und schlief ein.

In der Stadt gibt es zwei Welten. Die eine Welt ist von Mauern umgeben, die andere von Menschen. Die zweite Welt befindet sich draußen, zusammen mit dem spätwinterlichen Himmel, den kahlen Bäumen und den harten Gehwegen, die sich in jede Richtung erstrecken, den hellglänzenden Schaufenstern und den plappernden Menschenströmen. Diese Welt hat ein blickloses, gehässiges Gesicht, das Gesicht der Menge. Das Gesicht der Menge ist nicht sofort zu erkennen, es tritt erst nach einer Weile in Erscheinung, wenn es sich in fragenden Seitenblicken und scharfem Hinsehen äußert.

Man kann nur eine bestimmte Zeit damit verbringen, den Enten auf der Rasenfläche im Stephen's Green zuzuschauen (wo wir immer nach der Messe hingegangen sind) oder vor dem alten Eckladen am Kai in Büchern zu stöbern. Man geht, um sich allein auf eine Stadtbrücke zu stellen und aufs Wasser zu blicken, und plötzlich gleitet der Blick von rechts nach links, von links nach rechts, als wolle man sich vergewissern, ob einem jemand zusieht, irgendein Fremder, der es absonderlich findet, daß man so allein dasteht und über die Brücke schaut und nichts zu tun hat. Man muß seinen Geschäften nachgehen. Man hat keine Geduld mit einsamen, ziellosen, nachdenklichen Bummelanten, die nur dasitzen und zusehen wollen oder sich absurderweise unter die Menge mischen, welche dem unteren Ende der Straße zueilt, und die dann an der Ecke innehalten, verwirrt, richtungslos, benommen.

Selbst wenn man sich in ein Café setzt, um eine Limonade zu trinken, kommt der Zeitpunkt, wo man aufstehen und die Serviererin bezahlen, wieder auf die Straße hinaustreten und weiterziehen muß. Es geht nicht anders, als daß man wieder zu jenem Ort zurückhastet, von dem man kam, der anderen Welt, jener ersten, von Mauern umgebenen Welt.

Diese ist ganz anders. Sie steht still. Oben und unten, hinter den geschlossenen Türen, in der Vorhalle und auf den Treppenabsätzen herrscht Schweigen. Es gibt keinerlei Zwang. Das langsam und gehässig umherspähende, blicklose Auge der Menge ist hier nicht zugegen. Stunde um Stunde kann man hier verbringen, durchs Fenster den veränderlichen Himmel beobachten, in Büchern, Zeitungen und Zeitschriften blättern oder sogar schlafen. Im Innern des Hauses braucht man keinen Schritt mehr zu tun, außer vielleicht um Mantel und Handschuhe zu finden und wieder hinauszutreten auf die Straße.

Es war Ende Februar, Frostwetter.

Langsam kam Anastasia von der Straße herein und schloß die Haustür hinter sich. Sie knöpfte ihren Mantel auf und zog die Handschuhe aus. Am Fuß der Treppe schlug das Knistern und Knacken des soeben angefachten Feuers an ihr Ohr und lockte sie zur Wohnzimmertür. Sie lehnte sich an den Türrahmen und schaute geistesabwesend ins Zimmer. Dabei hob sie ein wenig die Schultern, um die Kälte abzuschütteln, die ihr noch anhaftete. Die dunklen Flächen des Zimmers rückten näher, eine weiche Düsternis, die nur von dem zischenden Feuer kurz erhellt wurde und zweifach von den großen rechteckigen Fenstern, durch die man, irgendwo dort draußen, den Platz daliegen sah wie eine fahle Theaterkulisse.

Sie hörte, wie Katharine ihren Aufstieg von der Küche begann, mit beladenem Tablett schwerfällig Stufe um Stufe erklomm. Katharine ist freundlich, aber neugierig und übertrieben diensteifrig. Das Haus ist ihres.

Vom Kamin breiteten sich die ersten Hitzewellen aus. Anastasia ging zum Sims, lehnte sich an ihn und spürte die Wärme auf ihren Beinen. Im Spiegel sah sie Katharine, die die schweren Vorhänge zusammenzog, so daß sie aneinanderstießen und den Platz und den fahlen Abendhimmel ausblendeten. Das Zwielicht war verschwunden, aus dem Zimmer verbannt. Jetzt konnte man sich nur noch ans Feuer halten. Es jagte knisternde Funken zum Schornstein hinauf und auf den Kaminvorleger, während es in der Mitte unaufhörlich weiterglomm.

Eine Lampe wurde angeknipst, und Katharine blieb mitten im Zimmer stehen.

»Ich kann dich im Spiegel sehen, Katharine.« Neckend.

»Ich weiß sehr gut, daß du das kannst.« Katharine warf ihr einen eigenartigen, halb erschrockenen Blick zu.

Sie hält mich für kauzig, dachte Anastasia gleichgültig. Schweigend trat Mrs. King ins Zimmer. Sie setzte sich hin, ohne zu sprechen, drapierte ihren langen schwarzen Rock um ihre lange verborgenen, nicht auszudenkenden Knie und musterte mit kritischem Blick das Tablett. Katharine spähte in die Teekanne und vergewisserte sich, daß der Tee lange genug gezogen hatte. Dann ging sie.

Mrs. King sah zu Anastasia auf.

»Schön, dich zur Abwechslung mal zum Tee hier unten zu sehen, Kind. Warum setzt du dich nicht und machst es dir bequem?«

Sie füllte die Tassen. Sie gab Zucker und Sahne hinzu. Anastasia tat noch etwas mehr Zucker hinein. Wieder war das Zimmer in Schweigen gehüllt, bis auf das verstörende Zucken des Flammenscheins. Ein- oder zweimal rührte sich Mrs. King unbehaglich und blickte über den Kamin hinweg zu ihrer Enkelin. Ihre Miene verriet Ungeduld und Kummer.

Wie immer bin ich eine Belastung für sie, dachte Anastasia. Sie stand auf und stellte ihre Tasse hin.

»Entschuldige, Grandma. Ich muß ein wenig lesen.«

»Anastasia. Warte einen Moment. Ich möchte mit dir reden.«

Sie stellte ihre Teetasse beiseite.

»Hör zu, Anastasia«, sagte sie entschieden. »Was für Pläne hast du gemacht?«

»Ich habe keine Pläne gemacht.«

Mrs. King seufzte verärgert.

»Meinst du nicht, daß es allmählich an der Zeit wäre, Pläne zu machen?«

»Wozu? Ich möchte hierbleiben.«

Die Großmutter hob die Hände und ließ sie resigniert wieder sinken.

»Du willst mich zur Verzweiflung treiben«, sagte sie deutlich. »Ich bete zu Gott, und das jeden Tag meines Lebens, du gingest fort und ließest mich allein hier. Du weinst, dauernd öffnest du die Tür und kommst in das Zimmer, in dem ich mich gerade aufhalte, und so weiter und so fort...«

»Ich meine es nicht so.«

»Du bist hier nicht glücklich, soviel steht fest. Es wäre wirklich besser für uns alle, wenn du so bald wie möglich nach Paris zurückgingest.«

»Und was soll ich da?« fragte Anastasia schwach.

»In deinem Alter gibt es für dich viele Dinge zu tun. Du wirst doch wohl Freunde dort haben. Du kannst bei den Nonnen unterkommen, bis du dich irgendwo einrichtest, falls du nicht in die Wohnung zurückwillst, die du mit deiner Mutter geteilt hast, Gott hab sie selig. Vielleicht ist es gar nicht so günstig, allein dort zu wohnen. Das wäre zu bedenken. Und vielleicht kannst du dir eine Arbeit suchen, an einer Schule unterrichten. Vielleicht sagt dir Bibliotheksarbeit zu. Hast du daran schon einmal gedacht?«

»Ach, ich habe keine Ausbildung, das weißt du doch.«

»Das macht nichts. Ich habe bereits an die Oberin geschrieben. Sie würde sich freuen, dich als Assistentin in der Bibliothek zu haben, und du könntest mit den anderen Lehrerinnen in der Schule wohnen.«

Innerlich hatte Anastasia sich weit zurückgezogen.

»Was immer ich tue, ich werde nicht im Kloster wohnen«, sagte sie stockend. »Ich kann auch hier in einer Bibliothek arbeiten. Ich miete mir ein Zimmer und bleibe in Dublin.«

»Ich verwalte deinen Monatswechsel, Anastasia, und ich weiß, was am besten für dich ist.«

Plötzlich erhob sie sich.

»Ich kümmere mich um das Geld und alles weitere«, sagte sie mit leiser Stimme.

Nervös stürzte sie aus dem Zimmer. Einen Augenblick später folgte Anastasia ihr. Als sie durch die Vorhalle kam, hob sie ihren Mantel und ihre Handschuhe auf. Oben in ihrem Zimmer schloß sie das Fenster und begann sich umzuziehen. Sie lockerte ihren Gürtel, bis er lose an ihr herabhing, ging zum Fenster und sah hinaus.

Im späten Abendlicht sah der Garten unwirklich aus, die nachlässige Imitation eines Gartens, dessen Farben alle verlaufen waren. An der hinteren Mauer gab es einen verwischten gelben Fleck. Das war die verfrühte Forsythie. Der Goldregen spreizte seine krummen braunen Arme über die niedrige Steinmauer. Später würde er eine gelb duftende Wolke sein, die mit jeder Kräuselung der Luft ihre kleinen, leuchtenden Blüten abwarf. Auch einen Holzschuppen gab es dort unten, der vom Fenster aus kaum zu sehen war, so dicht stand er am Haus. Er hatte ein schräges Wellblechdach, und an nassen Tagen hämmerte der Regen donnernd auf sein Dach und füllte das Innere des Schuppens mit irrem, gebieterischem Lärm, so daß ein kleines Kind, das dort spielte, manchmal jäh erschrak, zur Küchentür rannte und in atemloser Hast eintrat. Aber der Lärm hielt an, wenn auch nicht so dringlich, sondern weiter entfernt.

Dies war die schattenhafte Dämmerstunde, da vertraute Gegenstände schon aus geringer Entfernung halb befremdlich wirkten, da das Gesicht der Stadt abgekehrt und fast im niedrigen Himmel verborgen schien und die dahinjagenden Wolken sich herabsenkten und zur Verwirrung des Beobachters in den abgelegenen Hügeln herumtasteten. Teilnahmslos blickte Anastasia zu den Hügeln hin und bildete sich ein, sie ausmachen zu können.

In dieser Nacht hatte sie einen lebhaften Traum. Sie träumte, daß sie auf einem Spaziergang durch den Noon Square stehenblieb und zurückschaute, und als sie sich wieder umwandte, um ihren Weg fortzusetzen, verfing sie sich in einer Gardenie, die am Fenster eines großen alten Hauses emporwuchs. Der Busch war über und über mit Blüten bedeckt, groß, cremig weiß und makellos. Sie verweilte, um sie zu bewundern, und bemerkte zu ihrem Schrecken eine runzlige, fast lilafarbene alte Hand, die von innen gegen die Scheibe tappte, ohne richtig anzuklopfen.

Ein Dienstmädchen kam zur Tür, eine alte Frau, und schickte sie fort. In ihrem Traum sagte Anastasia mit freundlicher Würde: »Ich warte auf jemanden, und da ich hier einen Zettel habe fallen lassen, dachte ich, ich könnte hier warten.«

Doch die Frau, zu der die runzlige Hand gehörte, die Hausherrin, kam heraus, und mit ihr ihre beiden betagten Schwestern, und zu dritt blieben sie auf der Freitreppe stehen. Sie alle waren alt, mit dünnen, feindseligen Gesichtern, und beschieden Anastasia, fortzugehen, ohne ihrer freundlichen, würdevollen Rede Gehör zu schenken.

Woraufhin sie in Wut geriet und der ältesten laut zurief: »Sie sind ein abscheuliches altes Miststück.«

Erregt wachte sie auf und hatte die Worte noch im Mund. Katharine klopfte an die Tür und rief sie mit schneidender Stimme.

»Nun komm schon herein, Katharine«, rief Anastasia ungeduldig. »Was ist denn?«

Weinend kam Katharine herein.

»Miss Kilbride ist tot, der Herr sei ihr gnädig.«

Sie ging und schloß das Fenster.

»Wir haben es gerade eben erfahren. Das Dienstmädchen hat sie heute morgen gefunden, als sie ihr eine Tasse Tee bringen wollte. Sie muß im Lauf der Nacht gestorben sein, ganz allein, ohne irgendeine Menschenseele. Am Freitag wird sie beigesetzt.«

Anastasia warf das Bettzeug zurück und zog einen Morgenrock über. Dann ließ sie sich aufs Bett sinken und starrte auf den Fußboden.

Sie sagte: »Es ist alles sehr traurig.«

Sie empfand Katharine gegenüber nichts als eine würgende Ungeduld. Sie wünschte, daß Katharine fortginge und sie allein ließe.

»Hier ist ein Brief, den sie dir hinterlassen hat«, sagte Katharine, und die Neugier verlieh ihrer Stimme neues Leben.

Der Brief war in Miss Kilbrides Handschrift adressiert, die Anastasia noch nie zuvor gesehen hatte. *Miss A. King. Umgehend zuzustellen. Liebe Anastasia, liebes Kind, vergiß mich nicht. Gott segne dich. Norah K.*

Katharine stand dicht neben ihr, und Anastasia reichte ihr den Zettel.

»Lies, wenn du möchtest«, sagte sie gleichmütig. »Es geht um einige Messen, die ich im Falle ihres Todes für sie lesen lassen sollte.«

»Eine Nachricht von den Toten«, sagte Katharine, las den Brief ehrfurchtsvoll durch und gab ihn zurück. Anastasia faltete ihn zusammen, legte ihn auf den Tisch und betrachtete ihn mit trüben Augen.

»Weißt du, Katharine«, sagte sie, »ich werde bald abreisen. Meine Großmutter will, daß ich nach Paris zurückgehe.«

»Nun, Kind«, sagte Katharine mit besänftigender Stimme. »Vielleicht ist es das beste. Für ein junges Mädchen ist das doch kein Haus zum leben, mit zwei alten Frauen wie deiner Großmutter und mir.«

»Ich weiß nicht, warum ihr alle so darauf versessen seid, mich loszuwerden«, rief Anastasia unter Zornestränen. »Das ist mein Zuhause. Ich weiß nicht, was ich euch allen angetan habe, daß ihr so gegen mich seid.«

Katharine setzte sich neben Anastasia auf die Bettkante und sagte vertraulich: »Deine Großmutter will doch nur dein Bestes, Kind. Du weißt, daß sie dich nicht kränken will.«

Anastasia warf ihr einen Blick zu und erhob sich. Sie ging hinüber zur Frisierkommode und fing an, sich die Haare zu bürsten.

»Ach, es hat keinen Sinn, darüber zu reden. Ich bin unerwünscht, das ist offensichtlich. Und du scheinst ihr beizupflichten, was für Chancen habe ich da noch? Du solltest lieber zu ihr hinuntergehen, Katharine. Wahrscheinlich ist sie ganz aufgelöst. Und nimm den Brief mit. Sie wird wissen wollen, was darin steht.«

Katharine sah sie hilflos an und ging hinaus. Sie steckte noch einmal den Kopf zur Tür herein.

»Dein Frühstück ist angerichtet, sobald du soweit bist. Deine Großmutter wird heute nachmittag zum Haus hinübergehen. Soll ich ihr sagen, daß du mitkommst? Miss Kilbride hat dich sehr gemocht.«

»Nein.« Anastasia wandte sich zu ihr. »Ich werde nicht hinübergehen. Ich könnte es nicht ertragen. Sag ihr, daß ich nicht mitkomme.«

Katharine war schockiert.

»Du kannst selber mit ihr darüber reden, unten«, sagte sie mit tiefer Mißbilligung und schloß die Tür.

Als sie gegangen war, nahm Anastasia den Umschlag, in dem Miss Kilbrides Brief gekommen war, und zerriß ihn in kleine Schnitzel. Sie zog sich rasch an, fand ihre Handtasche und verließ das Haus, ohne jemanden zu sehen. Ihr fiel wieder der Traum von den Gardenien ein. Ich denke zuviel über mich nach, dachte sie. Ich denke zuviel über mich nach. Aber eigentlich beunruhigte der Gedanke sie nicht, denn sie fühlte sich von all den anderen Menschen um sie her abgetrennt und isolierter denn je.

Es war gegen neun Uhr morgens, ein schöner, wenn auch sonnenloser Tag. Die Leute gingen zur Arbeit. Sie nahm einen Bus zu einem Vorort, in der Nähe eines alten, unter Wasser stehenden Steinbruchs, der als unergründlich galt. Von der Haltestelle aus mußte sie eine Strecke zu Fuß laufen, um dorthin zu gelangen, aber der Weg war ihr vertraut. Sie stellte fest, daß sie jede Straßenbiegung kannte. Einige Geländepunkte kamen eher als erwartet, andere hatte sie ganz vergessen, erkannte sie jedoch, sobald sie ihrer ansichtig wurde. Es schien, als könne sie sich zu jedem Baum am Weg eine Geschichte ins Bewußtsein zurückrufen, sofern sie sich die Zeit nahm. Unbestimmte Erinnerungen verstörten sie, aber sie ging weiter und legte ihren Weg zurück – es war eine unbefestigte Landstraße, kaum mehr als ein Feldweg –, ohne den Versuch zu unternehmen, einigen der Gedanken nachzuhängen, die in ihr aufstiegen. Als sie endlich zum Steinbruch gelangte, hatte sie das Gefühl, durch eine Gruppe alter Freunde hindurchgegangen zu sein, ohne angehalten zu haben, um sich auch nur eines Namens zu vergewissern.

Vorsichtig trat sie über den steinigen Boden, bis sie zum äußersten Rand kam. Es ging das Gerücht, daß ein Stein, den man in den Steinbruch warf, niemals zu fallen aufhörte. Kleine Jungen, die dort spielten, versuchten dem Gerücht auf den Grund zu gehen, indem sie wieder und wieder Steine hinunterwarfen. Sie schleuderten sie mit der ganzen Kraft ihrer dünnen Ärmchen und lauschten furchtsam auf das leise Geräusch, wenn der Stein auf dem Grund aufschlug. Doch es war kein Geräusch zu hören, nie war ein Geräusch zu hören, und nur die kleinen kreisförmigen Wellen zeugten davon, daß sie ihn überhaupt geworfen hatten.

Anastasia nahm Miss Kilbrides Ehering aus ihrer Handtasche. Das winzige Kästchen war noch immer in Seidenpapier eingeschlagen. Sie warf es ins Wasser. Beim Fallen machte es kein Geräusch. Sie bemerkte kaum, daß es ihre Hand verlassen hatte. Es würde für immer fallen, zusammen mit den fallenden Steinen, vergangenen und zukünftigen. Sie trat vom Rand zurück, blieb einen Moment stehen und starrte geistesabwesend vor sich hin. Armes kleines anderes Ich, dachte sie und betrachtete das kalte, undankbare Wasser, das sich im Wind kräuselte.

Der Anblick des Wassers war unerfreulich, und sie ging fort, lief ruhig wieder zum Bus zurück, entlang der stillen, von Hecken eingefaßten Landstraße. Gelegentlich sah sie ein Haus, das ganz hinten auf einem großen Grundstück stand, aber es war keine Menschenseele zu sehen. Wie friedlich es an jenem Morgen war, ohne Sonnenlicht und ohne jeden Laut.

Sie mußte an ihre Großmutter denken, die gerade Miss Kilbrides Haus betrat und den Leichnam ihrer Freundin besichtigte. Sie war froh, daß sie nicht dort war und sich durch ihr gemeinsames Leid drängen mußte, um an den neuen Grabblumen zu riechen. Sie war froh, daß sie den Ehering losgeworden war. Und doch verließ ihr voreiliger morgendlicher Mut sie jetzt, und ein schlaffer Ekel über sich und ihre Feigheit plagte sie, der gegen ihren Willen an ihr nagte, sie schwächte und vor Demütigung krümmte. In kindlich fragender Haltung blickte sie zum Himmel auf. Dann erinnerte sie sich daran, daß die Entscheidung für sie getroffen worden war, die Pariser Wohnung stürmte auf sie ein, und der Gedanke an das magere Gesicht ihrer Mutter fraß an ihrem Herzen, und sie senkte den Kopf, weil die Erinnerung ihr Übelkeit bereitete. Die Tage vor ihr dehnten sich zurück zu einem Fieberwahn der Einsamkeit. Was tun? Was tun? Es bleibt mir keine Wahl, dachte sie und nickte trübselig.

Sie bestieg den Bus und entrichtete mechanisch ihr Fahrgeld. Sie ließ sich durch eine sanfte, teilnahmslose Landschaft zurücktragen, ordentliche Felder und Hecken und vereinzelte Häuser mit Gärten. Ein Gefühl flüchtiger, sentimentaler Trauer ergriff sie und wärmte sie wie ein weicher, vertrauter Mantel, der ihr das Unglück versüßte, es versüßte.

Plötzlich kam ihr in den Sinn, daß ihre Großmutter es sich anders überlegt haben könnte. Nach Miss Kilbrides Tod mochten die Dinge anders stehen. Es kam ihr vernünftig, ja sogar wahrscheinlich vor. Es konnte fast kein Zweifel daran bestehen. Sie beeilte sich.

Das Haus war leer. Sie waren drüben bei Miss Kilbride. Sie zündete das Kaminfeuer im Wohnzimmer an, setzte sich davor, um zu warten, und gähnte die Uhr an. Es war zwölf Uhr mittags. Das Zimmer wurde immer stiller. Da war jenes ferne Klingen, das am Ende eines langen, tiefen Schweigens liegt, so daß man horcht und vor lauter Horchen in Träumerei verfällt und dann allmählich an einen Ort entgleitet, an dem der Geist keinen Anker hat und das Herz zu klagen aufhört und heimlich vor und zurück schlägt, zurück zu einem unendlich fernen und sanften Anfang...

Ihre Stimmen drangen polternd in ihren Schlaf ein. Die Großmutter durchquerte das Zimmer, und Katharine drängte sich hinter ihr. Anastasia sprang auf und begrüßte sie mit einem zaghaften Lächeln. Ihre Gesichter sahen bedrückt und gereizt aus. Selbst Katharine schien geistesabwesend, als sie Mrs. King Hut und Mantel abnahm. Sie schüttelte den Mantel aus, legte ihn über den Arm und steckte die langen Hutnadeln umsichtig nebeneinander ins Hutband.

»Ich bringe Ihnen eine Tasse Tee, Ma'am«, sagte sie mit betrübter Nüchternheit und ging sogleich hinaus. Mrs. King setzte sich steif in ihren Sessel und blickte Anastasia an.

»So. Jetzt willst du also unserer toten Freundin, sie ruhe in Frieden, nicht einmal mehr die letzte Ehre erweisen. Unserer einzigen Freundin, die ihren rechten Arm hingegeben hätte, um jedem von uns zu helfen.«

»Ich konnte einfach nicht, Grandma. Ich wußte nicht, daß es dir etwas ausmachen würde.«

Sie stieß auf ein gereiztes Lächeln.

»Wie viele Male habe ich das deine Mutter sagen hören. ›Ich wußte nicht, daß es dir etwas ausmachen würde.‹«

Sie wechselte Thema und Tonfall. »Um noch einmal auf unser Gespräch gestern abend zurückzukommen, Anastasia. Wegen deiner Abreise. Ich habe Katharine aufgetragen, deine Koffer zu holen. Wegen der finanziellen Regelung habe ich an die Bank geschrieben. Und der Oberin des Klosters habe ich geschrieben, daß sie in nächster Zeit mit einem Besuch von dir rechnen kann. Wenn du nicht in einem Hotel absteigen willst, kannst du bei ihnen wohnen, bis du wieder in die Wohnung kannst. Ich habe auch Mrs. Drumm geschrieben, einer sehr alten Freundin von mir, daß sie ein Auge auf dich haben soll. Sie hat deine Adresse und so weiter. Ich nehme an, daß du alle Schlüssel hast?«

»Ja, die habe ich«, sagte Anastasia ohne Hoffnung.

»Sieh mich nicht an, als wärst du zum Tode verurteilt, Kind. Je eher du darüber hinwegkommst, desto besser für uns alle.« Voll ungeduldigen Mitleids und Ärgers blickte sie sie an.

Anastasia stammelte: »Du willst mich also wirklich loswerden?«

»Na, na, na.«

Nervös zupfte sie an ihrem langen Rock und stand auf. Katharine kam mit dem Tee herein. Mrs. King herrschte sie unwirsch an.

»Ich trinke ihn oben auf meinem Zimmer, Katharine. Ich möchte mich eine Stunde hinlegen.«

Katharine warf ihnen einen ängstlich-neugierigen Blick zu und zog sich zurück.

»O Grandma, Grandma, ich bin doch die einzige, die du hast. Ich will nicht fort.«

»Darauf können wir verzichten, Anastasia.«

Anastasia merkte, wie sie die geschlossene Tür anstarrte. Sie hatte dic Hände zu einem festen, unbequemen Griff verschränkt, und sie waren groß geworden.

»Schande über dich!« rief sie laut. »Schande über dich!«

Unter dem Kleiderschrank in ihrem Zimmer lag ein Koffer, und sie stürzte nach oben, zog ihn hervor und begann, ihre Sachen zu packen.

Katharine kam zur Tür und ging wieder fort. Gleich darauf kam Mrs. King, zog die Tür hinter sich zu und sah sich besorgt um.

»Katharine hat mir gesagt, du seist schon am Packen«, sagte sie. »Das ist doch nicht nötig. Diese ganze Eile tut nicht not, Anastasia. Laß dir Zeit, komm und iß etwas. Das Packen kann bis morgen warten. Nun komm schon, Anastasia, sprich mit deiner Großmutter.«

Anastasia erhob sich von ihrer Tätigkeit und sah sie an.

»Ach ja«, sagte sie gedankenverloren. »Da geh ich nun.«

Mrs. King sah beunruhigt aus. Sie hob ein Paar Handschuhe auf, die in einer offenen Schublade der Frisierkommode lagen, und betrachtete sie. Sie nahm das Foto des Vaters von der Frisierkommode und musterte es eingehend.

»Das ist während seines letzten Studienjahres aufgenommen worden«, sagte sie mit einem Blick auf Anastasia kummervoll.

»Wenn ich schon abreisen muß«, sagte Anastasia, »dann kann ich es auch gleich tun.«

»Hast du genügend Geld?«

»Ja.«

An der Tür drehte sich die Großmutter unsicher um.

»Nun denn«, sagte sie. »Du wirst bis morgen früh warten.«

»Nein. Ich gehe, sobald der Koffer gepackt ist. Die anderen Sachen kann Katharine mir später nachschicken.«

Sobald sie wieder allein war, verspürte Anastasia eine plötzliche Wut in sich aufbranden, bis sie vor Gehässigkeit zitterte. Oh, Schande über sie! dachte sie. Schande über sie! Ich habe niemanden, der für mich einsteht.

Tränen des Selbstmitleids traten ihr in die Augen.

Da geh ich nun...

Der Koffer war schwer. Katharine eilte ihr auf der Treppe entgegen, um ihr zu helfen. Sie weinte, sagte aber nichts.

Anastasia verabschiedete sich von ihrer Großmutter, die herausgekommen war und sie, neben dem Hutständer und dem Dielenstuhl, von der Wohnzimmertür aus beobachtete. Die Großmutter drückte ihren Arm, als sie einander küßten, und schob einen Umschlag mit Geld in ihre Hand.

»Hier«, flüsterte sie. »Gott segne dich.«

Sie sah seltsam alt aus, überwältigt von Gefühlen, von Kummer. Anastasia war voller Tränen, so daß sich ihr Gesicht vor lauter Anstrengung, sie zurückzuhalten, schmerzlich verzerrte. Katharine hatte den Koffer. Draußen wartete ein Taxi, und Katharine hob unbeholfen den Koffer hinein, schloß den Schlag und beugte sich zum Fenster hinunter. Ihr gepeinigtes Gesicht war tränenüberströmt. Sie hatte ihr Schürze umgebunden, und die Manschetten ihres Kleides waren hochgekrempelt.

»Auf Wiedersehen, Liebling, auf Wiedersehen. Gott segne und erhalte dich. Dann also auf Wiedersehen. Auf Wiedersehen.«

Anastasia nickte ihr verwundert zu und fuhr davon.

Der Fahrer fragte: »Zum Bahnhof?«

»Nein. Zum Murray Hotel.«

»Oh, ich dachte, Sie wollten zum Bahnhof«, sagte er milde.

Bis zum Hotel waren es fünf Fahrminuten. Sie nutzte die Zeit, alles noch einmal zu durchdenken und sich zu überlegen, was sie dem Empfangschef sagen sollte. Der Fahrer trug ihren Koffer hinein, und sie bezahlte ihn. Sie ging zur Rezeption.

»Ist Mrs. Dolores Kinsella hier?« fragte sie.

Der Empfangschef blätterte in den vor ihm liegenden Büchern.

»Hier gibt es keine Kinsella, Miss.«

»Ach du liebe Güte«, sagte sie in gespielter Sorge. »Dann warte ich auf sie. Sie sagte, sie würde um diese Zeit hiersein.«

Sie setzte sich und sah sich um. Es war angenehm, sich auszuruhen. Sie dachte daran, daß sie sich ohne jeden Protest aus ihrem Haus hatte werfen lassen, ohne ein einziges Wort der Wut. Wie leicht sie es ihnen gemacht hatte. Sie dachte: Ich bin nicht sehr schlau. Die Leute können sich alles mit mir erlauben.

Etwa zehn Minuten lang hatte sie so dagesessen, als sie sich erhob und den Empfangschef abermals ansprach. Lächelnd wandte er sich zu ihr.

»Sie scheint sich sehr verspätet zu haben«, sagte Anastasia. »Ich wollte mit ihr zum Postschiff.«

Beflissen sah er auf die Wanduhr.

»Sie haben reichlich Zeit. Sie können den späten Zug nehmen.«

»Wir wollten uns mit ein paar Freundinnen treffen. Eigentlich wollten wir den frühen Zug nehmen«, sagte Anastasia beunruhigt.

Nun war auch er besorgt.

»Dann bleibt Ihnen nur noch sehr wenig Zeit. Aber sie wird bestimmt bald kommen.«

Sie deutete mit dem Kopf auf ihren Koffer.

»Könnten Sie für mich darauf aufpassen? Ich muß eine Besorgung machen, und wenn Mrs. Kinsella bis zu meiner Rückkehr nicht wiederkommt, muß ich ohne sie fahren. Ich bleibe nicht lange.«

Er nickte, befriedigt von ihrer Entscheidung.

Gefaßt trat sie hinaus auf die Straße und wandte sich in Richtung Noon Square. Sie ging ohne Eile. Methodisch dachte sie voraus, zum Bahnhof, zum Zug, zum Schiff. Im Gehen öffnete sie ihre Handtasche und kramte nach den Schlüsseln zu ihrer Pariser Wohnung. Da waren sie, zusammen mit dem Schlüssel zum Haus ihrer Großmutter. Alles war in Ordnung. Sie räusperte sich mehrere Male. Als sie zum Haus kam, ging sie langsamer. Sie musterte es, wie man ein Haus mustert, dessen Fensterläden lange Zeit verschlossen waren. Die Art, wie die Treppe zur Eingangstür führte, erfüllte sie mit der quälenden Sehnsucht, rasch hinaufzurennen, und hinein, und hinauf in ihr Zimmer mit seinem Blick auf den kahlen, verträumten Garten.

Es war, wieder einmal, zum letzten Mal, Teestunde. Eines der Wohnzimmerfenster stand weit offen. Begierig blickte sie zu dem schwarzen offenen Fenster auf und wurde sogleich von der Furcht ergriffen, daß sie es als erstes schließen würden. Sie bildete sich ein, dort oben ein Geräusch zu hören, und dachte daran, wie sie sich, beide in lebloses Gespräch vertieft, Mrs. King im Sitzen, Katharine im Stehen, arglos am Kamin unterhielten, vielleicht von ihr sprachen. Für sie ist es friedlich und gemütlich, wenn auch traurig. Wie wenig sie doch wissen, was sie tun sollen.

Mittlerweile war der Platz so betriebsam wie eh und je. Auf den Straßen und im Park gingen Leute spazieren, und in der Ecke stritt sich lärmend eine Gruppe Botenjungen. Mit einem dünnen, ängstlichen Lächeln kehrte sie sich von ihnen allen ab, nahm ihre Handtasche, ihren Hut und ihre Handschuhe und legte sie vor sich auf den Weg, zog ihre hochhackigen Schuhe aus, stellte sie zu dem Haufen, lehnte sich unsicher an den Laternenpfahl, streifte ihre Strümpfe ab und stopfte sie sorgfältig in ihre Schuhe.

Barfuß trat sie wieder auf die Straße und richtete den Blick erwartungsvoll auf das offene Fenster. Voller Hohn und Angst starrte sie zu der Stelle empor, wo sich ihre Gesichter zeigen würden, und begann zu singen, jäh und laut wie jemand in einem Traum, der ohne Vorwarnung an einem öffentlichen Ort zu einer Stimme findet:

Es gibt ein frohes Land
In weiter, weiter Ferne,

Wo man Ei und Schinken ißt,
Dreimal am Tag und gerne.
Ach, es ist ein frohes Land,
Ja, das ist's ...

Sie war sich der Worte sicher. Es war ein Lied, das sie früher einmal, in der Schule, auswendig gelernt hatte. Die lärmenden Botenjungen verstummten im Nu, ebenso der ganze Platz, und ein vorbeikommender Autofahrer hielt an, um sich das Spektakel anzusehen.

Dann waren da die zwei Gesichter, beide standen am Fenster, schauten zu ihr heraus und winkten, als wären sie diejenigen, die in See stachen, während sie zu ihnen hinaufrief: »Auf Wiedersehen, Großmutter. Auf Wiedersehen, Katharine. Seht ihr, noch bin ich nicht fort ...«

1934 wurde der Diplomat Robert Brennan (1881–1964), ein Veteran des irischen Freiheitskampfes, zum Legationsrat der irischen Gesandtschaft in Washington, D.C., berufen und siedelte in die USA über. Mit ihm reisten seine Gattin und seine vier Kinder, darunter die siebzehnjährige Maeve, geboren am 6. Januar 1917, neun Monate nach dem Dubliner Osteraufstand.

Der aus Wexford stammende Robert Brennan, Sohn eines Viehhändlers, war wegen seiner Teilnahme an besagtem Aufstand von den britischen Behörden zum Tode verurteilt, später jedoch begnadigt worden. Im Unabhängigkeitskrieg 1919–21 hatte der gelernte Landvermesser unter Michael Collins als Propagandachef der IRA gedient, im Bürgerkrieg 1922–23 war er auf die Seite der republikanischen Vertragsgegner um Eamon de Valera übergewechselt. 1930 wurde er Geschäftsführer der von de Valera gegründeten *Irish Press*.

Von August 1938 bis 1947 amtierte Brennan als erster Botschafter des irischen Freistaats in den Vereinigten Staaten. Zurückgekehrt nach Dublin, übernahm er die Leitung der staatlichen Rundfunkanstalt Radio Éireann. Nach seiner Pensionierung schrieb Brennan, der bereits 1933 mit dem Dreiakter *Oidhche mhaith agat a Mhic Uí Dhomhnaill* hervorgetreten war (erschienen 1951 unter dem englischen Titel *Good Night Mr. O'Donnell*), die Romane *Where Are the Crown Jewels? A Dublin Castle Mystery* (unveröffentlicht) und *The Man Who Walked Like a Dancer* (1951) sowie den Erzählband *The Adventures of Oscar van Duyden* (unveröffentlicht). In seiner Autobiographie *Allegiance* (1950) berichtet er von seinen außergewöhnlichen Erlebnissen im Kampf um die irische Unabhängigkeit.

Statt mit ihren Eltern in die Heimat zurückzugehen, beschloß Brennans Tochter Maeve, ihr Glück in den USA zu versuchen. Sie ließ sich in Manhattan nieder, wo sie zunächst als Werbetexterin für das Magazin *Harper's Bazaar* tätig war. Das von Karl Bissinger stammende Umschlagfoto dieser Ausgabe zeigt eine elegante, kultivierte, wenn auch leicht zerbrechlich wirkende Schönheit mit kastanienbraunem Haar, die sich mit enigmatischem Blick der Kamera zuwendet. 1949 trat Brennan auf Einladung des legendären William Shawn in die Redaktion des *New Yorker* ein, um Notizen zur New Yorker Modewelt zu verfassen. Bis 1973 steuerte sie für die Seiten der angesehenen Wochenzeitschrift zahlreiche Prosaskizzen, Kurzgeschichten, Buchbesprechungen, Essays und Erinnerungen bei. Ihre erste Short Story, »The Holy Terror«, erschien 1950.

Brennans bittersüße Vignetten für die Kolumne »Talk of the Town«, ausgegeben als »Mitteilungen unserer Freundin, der weitschweifigen Dame«, fanden eine breite Leserschaft und wurden 1969 unter dem Titel *The Long-Winded Lady* in Buchform veröffentlicht. Die siebenundvierzig Streiflichter über das Alltagsleben in den einfachen Hotels und Speiselokalen von Greenwich Village schildern, wie Brennan in ihrer Einführung schrieb, »eine weite und gemächliche Reise in die beschwerlichste, rücksichtsloseste, ehrgeizigste, konfuseste, komischste, traurigste, kälteste und menschlichste aller Städte«.

Die letzte Arbeit aus ihrer Feder, eine weitere Skizze für »Talk of the Town«, wurde 1981 gedruckt.

Billige Absteigen kannte Maeve Brennan aus eigener Erfahrung. Nach der Scheidung ihrer 1954 geschlossenen Ehe mit St. Clair McKelway, einem Reporter im Mitarbeiterstab des *New Yorker*, mit dem sie in Sneden's Landing am Hudson gewohnt hatte, begann sie ein rastloses Wanderleben. Ohne feste Bleibe, zog sie von Hotel zu Hotel, den Abrißbirnen der Bauunternehmer stets nur einen Schritt voraus. Wie viele ihrer Redaktionskollegen psychisch labil, lebte sie nunmehr an der Peripherie gutbürgerlicher Solidität; nach einem Nervenzusammenbruch litt sie unter schizophrenen Schüben und wurde mehrfach in psychiatrische Kliniken eingewiesen. Am Ende war die originelle Journalistin und Erzählerin mit dem spitzbübischen Sinn für Humor ein menschliches Wrack.

Während ihrer letzten Lebensjahre hauste sie in einer Abstellkammer der Damentoilette in den Redaktionsstuben des *New Yorker*. Als sie anfing, Besucher zu belästigen, und die Glastür zum Büro des Geschäftsführers einwarf, mußte sie auch diese Notunterkunft räumen. Nach einem Jahrzehnt geistiger Umnachtung und materiellen Elends starb Maeve Brennan im November 1993, mittellos, vereinsamt und vergessen, sechsundsiebzigjährig in New York.

Zu Lebzeiten hatte sie eine Auswahl ihrer meist in Irland spielenden Short Stories in den Bänden *In and Out of Never-Never Land* (1969) und *Christmas Eve* (1974) zusammenstellen können. Wirklich wahrgenommen wurde die Autorin jedoch erst, als ihre Erzählungen über drei im Dubliner Stadtteil Ranelagh residierende Ehepaare postum in dem Sammelband *The Springs of Affection* (1997) vereint und von Christopher Carduff so angeordnet wurden, daß sie sich wie ein Roman zu einem organischen Ganzen fügten.

Nicht nur die Kritiker, auch Schriftstellerkollegen wie Edward Albee, William Maxwell, John Updike, Alice Munro und Edna O'Brien rühmten die Flaubertsche Präzision ihrer Diktion und die Joycesche Perspektive auf die irische Lähmung, an der auch die hart erkämpfte Loslösung von Großbritannien nichts geändert hatte. Die in *The Rose Garden* (2000) versammelten Satiren über »Herbert's Retreat« und andere New Yorker Gegenden wurden einer breiteren Öffentlichkeit erst nach Brennans Tod bekannt.

Vor wenigen Jahren stieß Carduff, Cheflektor des amerikanischen Verlags Houghton Mifflin, im Archiv der University of Notre Dame auf das achtzig Seiten umfassende Typoskript einer Mitte der vierziger Jahre entstandenen Novelle mit dem Titel *The Visitor,* die die »unfreundliche, engherzige, emotional unerreichbare Seite des irischen Temperaments« (Christopher Carduff) beleuchtet. Dieser früheste erhaltene literarische Text Maeve Brennans ist eine Trouvaille, ein intimes Charakterporträt voll psychologischer Einsicht, atmosphärischer Dichte und stilistischer Raffinesse, das den Vergleich mit James Joyces *Dubliners* nicht zu scheuen braucht.

Nach sechsjähriger Abwesenheit kehrt die verwaiste Anastasia King im Alter von zweiundzwanzig Jahren in das Haus ihrer Großmutter in Dublin zurück. Bis zum Tod ihrer Mutter, die aus einer unglücklichen Ehe mit dem einzigen Sohn der

Großmutter nach Frankreich geflohen war, hatte sie in Paris gelebt. Ihre damalige Entscheidung – für die Mutter und gegen den Vater, für Frankreich und gegen Irland – muß Anastasia teuer bezahlen. Kaltherzig weigert sich ihre Großmutter, sie wieder in das Haus aufzunehmen, in dem sie aufgewachsen ist, oder die Mutter neben dem Vater im Dubliner Familiengrab beizusetzen. Anastasia wird nur als Gast geduldet, als Besucherin – eine Exilantin in der eigenen Heimat, im eigenen Heim. »Sie sah, wie sich das elende Tor ihrer Niederlage bereits vor ihr auftat. Es blieb ihr nur noch, darauf zuzulaufen, darunter hindurchzugehen und es hinter sich zu bringen.«

Aber auch Anastasia, hin und her gerissen zwischen Erinnerung und Gegenwart, Innenwelt und Außenwelt, Traum und Wirklichkeit, Vertrautheit und Fremdheit, ist der Liebe, die sie so innig herbeisehnt, unfähig. So wie die Großmutter auf Rache für den vermeintlichen Verrat an ihrem Sohn sinnt, so weigert sich Anastasia, dem letzten Wunsch der sterbenden Miss Kilbride nachzukommen und ihr auf dem Totenbett einen Ehering, das Relikt eines unerfüllten Liebesverhältnisses, an den Finger zu stecken. Wie sich Anastasia dieses Ringes entledigt, ist eine symbolische Geste, mit der sie die eigene Ehelosigkeit und den Verzicht auf Liebe zu besiegeln scheint.

Dies ist das eigentliche Anliegen der Novelle: die mitleidlose, aber gerade in ihrer Mitleidlosigkeit zutiefst bewegende Darstellung unausgesprochener, unterdrückter, verratener, verweigerter und pervertierter Liebe. Brennans durchweg weibliche Figuren leiden unter einer extremen Ausprägung emotionaler Unbehaustheit, einer Gefühlskälte, die ihnen jedes Miteinander verwehrt, sei es, daß sie von jedem tröstlichen Zuhause, jeder befriedigenden menschlichen Beziehung ausgeschlossen sind, sei es, daß sie sich einkapseln in ein klaustrophobisches häusliches Ensemble. *Die Besucherin* ist die exquisite Miniatur eines Freudschen Familienromans von quälender Sehnsucht und unerbittlicher Feindseligkeit, eine kühl und unvoreingenommen analysierende »Studie der Einsamkeit und monströser Selbstsüchtigkeit« (Clare Boylan).

Mit ihren fein ziselierten Sätzen, die eine bedrückend düstere Stimmung schaffen, folgt Maeve Brennan der Maxime ihres Landsmannes W. B. Yeats: »Nur das, was nicht predigt, was nicht aufschreit, was nicht zuredet, was nicht von oben herab kommt, was nicht erklärt, ist unwiderstehlich.« Ihr Prosastil spiegelt aufs genaueste das Dilemma ihrer Figuren wider: Unter der glatten Oberfläche ihrer Sprache tun sich die Abgründe eines gepeinigten Seelenlebens auf. Stolz, Schmerz, Wut und Aufbegehren, Furcht und Verzweiflung sind die Emotionen, die von einer klaren und gemessenen Diktion ebenso eingefangen wie in Schach gehalten werden. Der Intensität ihres Blicks entgeht nicht die leiseste Gefühlsregung. Am Schluß ist Anastasia, die, gleichfalls emotional verarmt, keinen Zugang zu dem »frohen Land« ihrer Kindheit findet, im wahrsten Sinne obdachlos und tanzt barfuß auf der Straße. Das Tor der Niederlage ist das Tor zum Wahnsinn. Maeve Brennan hat es für sich vorausgeahnt.

Hans-Christian Oeser, Dublin